내 삶을 만나러 오늘도 오릅니다

내 삶을 만나러 오늘도 오릅니다

김용경 지음

도서출판 **더 로드**
The Road Books

절망의 순간은 희망이 떠오르는 순간이다.

　삶의 흔적 중 불혹에 불쑥 찾아온 인생의 쓴맛은 삶이 결코
만만치 않음을 절감하게 했다. 굳이 산에게 '삶이란 무엇인가?'
애꿎은 질문을 해가며 마흔두 살에 산을 오르기 시작했다. 3년
간 37회에 걸쳐 남한 백두대간 종주를 완주했다. 내친김에 반
백세를 기념하며 네팔에 있는 히말라야 랑탕벨리도 다녀왔다.
그동안 산을 오르며 수없이 질문을 했지만 산은 내게 아무런 대
답이 없었다. 그러나 죽을 만큼 힘겹게 산에 오를 때마다 결국
은 행복해하는 자신을 발견하면서 산이 점점 더 좋아졌다.
　산은 곁으로 다가갈 때마다 때론 무섭고 까칠하게 가끔은
포근하고 다정하게 다양한 모습으로 언제나 반겨 주었다. 나는
산이 참 좋다. 산에서 만난 모든 것들은 나의 가장 좋은 친구가

되어 주었다. '삶이란 무엇인가? 물었더니 가장 좋은 친구가 되어 찾아온 산' 이제는 산에서 내려와 나의 가장 좋은 친구와의 만남 이야기를 소개하고자 한다. 지금 이 책을 읽고 있는 당신도 분명 나의 가장 좋은 친구다.

백두대간이란 계곡이나 강을 건너지 않고 산줄기만으로 백두산에서 시작하여 금강산·설악산·태백산·소백산을 거쳐 지리산까지 이어지는 큰 산줄기를 말한다. 우리나라 백두대간 총 도상거리는 1,400km이다. 나는 그중에서 남한 백두대간 도상거리 701km를 지리산에서 출발하여 향로봉까지 종주하였다. 구간별 명칭은 가장 특징 있는 산 이름으로 정했다. 이 책 내용은 한 구간 한 구간 산을 오를 때마다 느끼며 오랫동안 가슴속에 묵혀 두었던 37번의 나의 보물 이야기이다.

산행하는 동안 우공이산(愚公移山) 심정으로 자신을 마주 보고 오롯이 산과 정면 인사를 나누었다. 나는 산을 오르기 시작하면서 나의 삶도 함께 올랐다. 삶의 무게를 지탱하기 힘겨워 한 걸음조차 나아갈 수 없는 자신을 놓아버리고 싶었던 순간들은 산 속에서도 삶 속에서도 동시 진행이었다. 그런 가운데 한 구간 한 구간마다 무사히 산행을 마치고 나면 '나도 할 수 있다. 나도 살아낼 수 있다.'를 가만히 외치고 있는 자신을 발견할 수 있었다. 게다가 평생 잊지 못할 자연의 멋진 모습은 산을 오른 만큼 나에게 평생 잊지 못할 깊은 감동을 안겨주었다.

어느덧 산행길은 익숙해지기 시작했고 새벽녘의 차가운 산 공기와 어두컴컴한 산속의 초행길은 오히려 두근두근 가슴이 설레는 첫사랑을 만나러 가는 기분이랄까. 산은 나를 그렇게 불렀고 나는 그렇게 자연 속으로 빠져들었다.

나는 도시 생활과 일상의 답답함에서 일탈을 꿈꾸는 이들에게 산행을 통하여 진정한 자신과 만나고 자연 속에서 공감하는 인간적인 소소한 이야기를 나누고자 한다. 특히 도심 속에서 자연을 동경하는 삶에 지친 누구나 그리고 자연 안에서 삶의 재발견하기 원하는 이들 대상으로 내가 겪은 경험담을 나누고 싶다.

나에게 가장 소중한 유형 보물 1호는 두 아들이고 무형 보물 1호는 백두대간 종주를 완성한 경험이다. 너무나 감사한 것은 시간이 흐른 뒤 무형 보물 1호는 나에게 또 다른 무형 보물인 글을 쓸 수 있는 보석이 되었다. 한 개의 꿈을 이루었더니 그 꿈이 또 다른 꿈을 이룰 수 있게 해 준 것이다. 앞으로 내게 가장 의미 있는 두 개의 소중한 보물들은 또 다른 꿈을 지속하게 만드는 원동력이 될 것이라 믿는다.

　무엇보다 험난하고 어려웠던 산행 구간마다 함께 하여 주신 하나님 은혜에 감사한다. 백두대간 종주 경험은 스스로 뭔가를 소망하고 주도적으로 선택하여 오랜 시간 동안 이루어 낸 내 인생 첫 작품이다. 산행하면서 만났던 흙, 바위, 나무, 꽃, 풀, 하늘, 해와 달과 별, 바람, 눈, 비, 번개, 고슴도치, 뱀, 고라니, 청설모 등 그리고 산과 마을에서 만났던 마을 사람들과 할아버지, 할머니. 추억을 함께 나눴던 소중한 지인들 또 산에서 알게 된 귀한 인연들이 있어서 참 감사하다.

2023년 1월 함박눈 내리는 겨울밤에

김용경

차 례

제2장 백두대간 종주 구간, 황장산에서 향로봉까지

제1장

백두대간 종주 구간,
지리산에서 대미산까지

지리산

달빛과 별빛 그리고 랜턴

"제법 산 좀 타 보신 것 같아요."

"나는 끝까지 할 수 있을까 싶어요."

"가 볼 수 있는 곳까지 가 보는 거죠."

백두대간 종주를 하기 위해 출발하려고 할 때 처음 만난 사람들끼리 나눈 인사말이다.

2006년 11월 11일, 지리산 종주 코스가 기다리고 있는 백두대간 종주 첫 번째 날이다.

11월 10일 오후 11시 늦은 밤, 사람들은 깜깜한 한밤중임에도 불구하고 각양각색 각자의 배낭을 짊어진 모습으로 동대문종합시장 주차장에서 출발하는 버스를 타기 위해 한 명 한명 모여들기 시작했다. 산을 좋아하는 대부분의 등산객들이라면 사는 곳의 주변 산이나 지방의 유명한 산들은 재미 삼아 다녀왔을 터이다. 그러나 막상 우리나라 백두대간 종주를 완주한 사람은 극소수에 불과하다. 그것은 그만큼 힘이 들고 대단한 인내력과 체력 그리고 시간이 없다면 감당할 수 없기 때문이다.

　일반인들은 아예 백두대간 종주라는 것을 생각조차 하지 못한다. 게다가 백두대간 종주를 시도한 사람들조차 대부분 중도 하차했거나 여러 가지 사유로 포기를 하기도 한다. 이러한 사정들을 알고 있기에 오늘 여기 모인 사람들은 출발이라는 면에서 일단 대단한 사람들이다. 일행들의 모습에서는 특별한 임무를 부여받은 전사자처럼 온몸에서부터 긴장되고 상기되어 있음을 느낄 수 있었다. 물론 나도 그들과 함께 얼떨떨함과 긴장감을 느끼면서 버스에 올랐다. 나는 버스에 오른 사람들이 궁금했다. 어떤 사람들일까? 무슨 이유로 백두대간을 종주하고 싶었던 것일까? 못 본 체하면서도 힐끔힐끔 탐색전을 펼쳤다.

　'검은색 등산복을 입은 남자는 위에서 아래까지의 모습이

완전 전문 산악인 같아.'

'배가 제법 볼록 나온 아저씨는 난생처음 어쩔 수 없이 끌려
온 사람 같기도 하고.'

'조용히 앉아 있는 빨간색 재킷을 입은 여자는 너무 말라 보
여서 지리산을 걷다가 금방 쓰러지겠는걸!'

나만 이런 생각을 하고 있나? 아마도 다른 사람들도 나처럼
궁금할 거야.

'조그맣고 운동이라고는 한 깃 같지 않은 여자가 백두대간
을 종주하러 왔다고! 아마 첫 번째 탈락자가 되겠지?' 하면서
말이다.

그래도 자신만큼은 백두대간 종주를 완주하겠다는 다짐을
굳게 하면서 설렘과 두려움으로 가득한 체 백두대간 종주 일행
들과 첫 만남을 시작했다.

드디어 버스가 출발하였다. 새벽 4시부터 산행을 시작해야
하니 조금이라도 이동하는 버스 안에서 잠을 청해보자 했지만,
긴장한 탓인지 깊은 잠을 잘 수가 없었다. 1시간 정도나 잠을
잤을까? 다음 날 이른 새벽 지리산 출발지에 도착했다. 몸도 정
신도 깨어나지 않은 상태에서 우격우격 뻑뻑한 몸을 간신히 움

직여 버스에서 내렸다. 산악대장으로부터 산행하면서 주의할 사항에 대한 엄격한 훈시가 내려지고, 모두들 아침 식사 장소로 이동하였다. 백두대간을 종주하면서 가장 화려한 아침 식사는 오늘이 처음이자 마지막이라는 산악대장의 말은 진실이었다. 그 이후로 따뜻하고 화려한 진수성찬은 아예 없었다. 그렇게 지리산에서의 아침식사는 산악대장의 말대로 정말로 호사스럽게 마련된 우렁 된장찌개로 따뜻하게 먹을 수 있었다. 따끈한 흰 쌀밥에 소박한 나물을 곁들인 우렁 된장찌개 맛은 지리산 자락의 거칠고 투박하면서도 정이 가득 들어 있는 어머니의 손길 맛이 느껴졌다.

성삼재부터 시작된 지리산 종주는 깜깜하고 어두운 새벽길을 달빛과 별빛 그리고 랜턴이 밝게 비추어 길을 안내하였고, 산행하는 사람들의 바닥을 탁탁 치는 스틱 소리와 함께 시작되었다.

한동안 어두운 새벽 산길을 걷다 보니, 날이 어슴푸레 제법 환해지면서 랜턴 없이도 산길이 보이기 시작했다. 그런데 날이 밝은 걸 알았는지 갑자기 배 속에서 모닝콜이 '꼬르륵꼬르륵' 울렸다. 나는 모닝콜에게 성실하게 응대할 수밖에 없었다. 너무

나도 지친 허기짐으로 인하여 망설임 없이 점심으로 준비한 주먹밥을 맥심 커피와 함께 꿀꺽 삼켰다. 너무너무 꿀맛 같은 '지리산 브런치'였다. 잠시의 휴식도 없이 행동대장은 먹자마자 빨리빨리 이동하라고 재촉한다. 평상시 같으면 좀 쉬었다 갈 만도 한데 단체로 이동해야 하고, 산이 어두워지기 전에 오후 5시까지는 13시간가량 소요되는 세석대피소까지 도착해야 하기 때문이다. 뭐 정말 눈곱만큼도 사정을 봐주지 않았다. 그동안 내가 다녔던 산행하고는 차이가 나도 너무 심하게 난다. 나는 정말 꿀꺽하고 재빨리 이동해야만 했나.

'아~ 이거는 내가 생각했던 것하고는 영 다른데, 너무 힘들다.'

지리산의 멋진 경관은 나의 눈에 전혀 들어오지 않았다. '다들 엄청난 체력의 소유자들인가 보다', 어찌나 빨리 움직이는지 따라가기가 쉽지 않았다. 내 눈에 들어 온 모습은 앞서가는 사람의 등산화 뒤꿈치와 지친 발걸음이 전부였다. 얼굴은 점점 뻘건 색으로 변해가고, 호흡이 가빠지면서 땀방울은 송골송골 온몸을 흐르고 있었고, 다리는 저절로 풀려가고 있었다. 조금만 쉬어 가고 싶었지만, 앞 사람을 놓치면 산길을 잃어버릴 판이라

죽기 살기로 걷지 않을 수가 없었다. 산악대장의 엄격한 훈시 사항 중 한 가지가 '앞 사람을 놓치지 말라.'였다.

솔직히 고백하건대 나는 태생적으로 공간 감각이 없다. 게다가 상당한 길치이다. 그걸 너무나 잘 알고 있지만, 가끔 산에서 길을 잃어버린다. 이러한 상황이 완전히 내게는 비극이나 다름없다. 앞 사람을 놓친다는 것은 지리산 속에서 미아가 된다는 사실이다. 그렇게 되면 혼자서 방황하다가 굶주림과 저체온 증에 빠져서 죽을 수도 있기 때문이다. '너무 비약이 심했나?'

사실 지도가 있었지만, 나는 아직 독도법이 익숙하지 않기도 하고, 솔직히 봐도 잘 이해가 되지 않는 수준 정도였다. 역시나 나의 부족한 부분을 함께하는 일행들과 채워가면서 '인생 자체가 혼자가 아니라 함께 걸어가는 것이다.'라는 것을 새삼 절실히 깨닫게 되는 순간이었다.

연하천대피소에 도착했다. 휴게공간이 있다는 것은 정말 위대한 사실이라는 생각이 들었다. 이런 깊은 산속에 화장실도 준비되어 있고, 식탁과 의자도 있으니 말이다. 점심으로 준비한 주먹밥을 이미 먹어 버렸으니 이번에는 컵라면으로 허기를 달래면서 후루룩 먹어버렸다. '내가 이렇게 식탐이 많았었나?' 그제야 비로소 정신이 들었는지 함께 온 일행들의 얼굴이 한 명씩

지리산은 파도가 일렁이는 바다 산이었다.

한 명씩 들어왔다. 하지만 아직은 어색하기만 하고, 눈인사 정
도로 '여기까지 도착하였구나' 하면서 서로의 안부를 챙기는 정
도였다.

잠시 휴식을 취한 후 다시 산악대장의 출발소리에 배낭을
짊어지고, 스틱을 부여잡고 세석을 향하여 걷기 시작했다. 아무
런 생각을 할 수가 없었다. 그냥 걷는 것이다. 세석대피소 도착
시간은 오후 5시 30분, 성삼재에서 출발하여 13시간을 걸어온
것이다. 제법 어둑어둑해지기 시작해서 주변 경관을 볼 수는
없었지만, '와~~ 이제는 쉴 수 있다.'는 안도감에 피로감이 확
몰려왔다. 어제는 차 안에서 1시간 정도 잠을 자고 오늘 새벽부
터 13시간을 걸어서 중도 하산 없이 세석대피소에 도착했으니,
얼마나 기특한 일을 해낸 것인가? '대단하다. 훌륭하다.' 하면서
누구랄 것도 없이 서로 위로해 주었다.

세석산장에 도착하고 나서 바로 저녁식사를 준비하였다. 바
람이 불어오면서 기온은 점차 떨어지고 있었다. 그럼에도 불구
하고 여기저기 버너에 불을 지피고 코펠에 라면을 끓이면서 웃
음소리는 끊이지 않았다. 언제 힘이 든 적이 있었나 싶게 다정
한 모습에서 모락모락 따뜻한 기운이 올라오고 있었다.

나는 백두대간 종주 첫날 지리산에서 이 세상에 태어난 지 마흔두 번째 생일을 맞이하게 되었다. 태어나기를 백두대간을 종주하라고 태어난 것인가? 생일을 맞이한 특권으로 초코파이로 만든 수제 케이크와 최고급 김치라면 한 공기를 더 먹을 수 있었다. 평생 잊을 수 없는 생일 잔치였다.

산장에서의 숙박은 비박인지라 야외에서 침낭과 매트로 바람만 피하면서 잠을 잘 수밖에 없는 상황이었다. 온몸은 욱신거리고 달도, 별도, 밤하늘도 어느 것 하나 보이지 않았다. 온몸이 피곤하다는 핑계로 자연이 자연스럽게 제공해 주는 당연한 것들이 눈에 들어오지 않았다. 저마다 주어진 삶을 살아 내면서도 이러지 않을까? 지치고 힘들다면서 정작 봐야 할 것은 놓치고 눈앞에 놓인 것들만 불평하면서....

나는 궁상스럽게도 '내일 새벽이 되면 다시 10시간 정도 걸어야 하는데, 할 수 있을까?' 하면서 잠이 들었다. 다음 날 새벽에 기상하였는데, 기적이 일어났다. 이게 웬일. 자고 일어났더니 온몸의 피로가 싸악 사라져 버렸다. 이럴 수가, 자연 치유된 것인가?

굽이굽이 주름치마를 휘감고 있는 듯

다음 날 새벽, 세석대피소에서 출발하여 지리산에서 가장 높은 천왕봉에 도착하였다. 드디어 시야에 들어오는 지리산의 경관은 바다 그 자체였다. 파도가 일렁이는 바다 산의 모습을 갖춘 지리산의 장엄한 경관은 그동안의 힘들었던 모든 것들을 한 방에 날려 버리게 할 만큼 장관이었다. 한동안 감동으로 가득 찬 가슴을 벅차게 느끼며 대자연 앞에 부동자세로 가만히 서 있을 수밖에 없었다.

이어지는 중봉, 써리봉, 치발목대피소, 대원사까지 9시간 30분 동안 걸었다. 일행 중 김가희 씨는 지리산 종주에 새 등산화를 신고 왔다. 나름 튼튼한 등산화를 구비한다면서 본인에게 맞는 사이즈보다 좀 작은 사이즈를 선택했었나 보다. 점점 산행 시간이 길어질수록 그녀의 발은 부어올랐고 발가락 고통이 심해지기 시작했다. 세석에서 대원사까지 내려오는 내내 '아이고, 내 새끼발가락이야!' 하는 비명에 가까운 신음 소리를 스님이 나무아미타불 관세음보살 하듯이 들으면서 하산하게 되었다.

하산하면서 못내 아쉬웠던 점이 한 가지 있었다. '지리산에 가면 반달곰을 만날 수 있을까?'였다. 텔레비전을 통해서 2004년도에 연해주와 북한산 곰 20마리를 방사한 가운데 10여 마리가 남아 있다는 소식을 접하게 되었다. 나는 겁도 많지만, 호기심 또한 많은 터라 '혹시나 반달곰을 만났을 때는 어떻게 할까?' '나무 위로 올라가야지.' '그런데 어떻게 올라가지?' '안 되겠다 싶으면 줄행랑으로 무조건 도망을 쳐야지!' 했었는데, 끝내 지리산 종주를 하는 동안에는 반달곰을 만날 수 없었다.

그런데 어이없게도 지리산 종주를 마치고 3일 후 "지리산 반달곰 '울카' 어이없는 죽음.... 배터리 교체 위한 생포용 트랩에 걸려 사망"이라는 뉴스를 접하게 되었다. 국립공원관리공단은 반달가슴곰 암컷 한 마리의 귀 발신기 배터리가 소진돼 교체작업을 위해 지난 1일 생포용 트랩을 설치했는데, 7일 이 트랩에 반달가슴곰의 왼쪽 앞 발목 관절 부위가 걸려 사망한 것으로 확인됐다고 15일 밝혔다.

공단 측은 포획지점에 사람이 자주 들어가면 냄새 때문에 포획이 어려워 인근에서 매일 전파 발신을 확인했지만, 발신기 시스템 오류로 발신음이 즉시 울리지 않아 현장 확인이 늦어진 탓에 죽은 것 같다고 설명했다. 공단 관계자는 "반달가슴곰이 굶어 죽었는지, 상처 때문에 죽었는지 등 사인을 규명하고 있다."고 하였다.

지리산을 종주하면서

나는 나에게 묻는다. 왜 산을 가느냐고
산은 나에게 묻는다. 왜 산을 오느냐고

내가 산을 가는 이유는

산이 나에게 묻지 않기 때문이다.
산은 나에게 묻지 않은 답을 주기 때문이다.

산을 만나고 친해지려면 고통이 따르지만
그럴수록 나에게 점점 가까이 다가옴을 느낀다.

산은 산 그 자체이다.
산은 언제나 그 사리에 있다.
다만 내가 왔다갔다할 뿐이지

말 없는 대화가 참 좋다.
산은 참 좋은 친구이다.

반달곰을 그리워하니 곰바위가 나의 눈에 들어왔다.

조금은 친해졌을 법도 한데 쌀쌀맞을 때도 있고, 무서울 때
도 있고, 포근할 때도 있다.

다정한 친구 같은 느낌이 들 때도 있고,

지리산은 나에게 그랬다.

반달가슴곰을 만나지는 못했지만, 인간이 만든 생포용 트랩에 앞 발목이 걸려 죽음을 맞이한 것은 기정사실이다. 대화를 나눌 수는 없었지만 때로는 무섭고, 때로는 다정한 친구 같았던 지리산을 생각하면서 울카를 떠올리니 좋은 친구를 만나지도 못하고 떠나보낸 심정이었다. 자연은 자연스럽게 조물주가 창조한 그대로 살게 두는 것이 옳지 않을까? 인간은 인간의 영역에서, 신은 신의 영역에서 자연은 자연의 영역에서 확실하고 건강한 거리두기가 필요한 것 같다.

지리산 종주를 시작으로 백두대간 종주의 첫 번째 구간을 마쳤다.

만복대

복을 짓는 일이란

　'백두대간(白頭大幹)'이란 백두산에서 시작되어 동쪽 해안선을 끼고 남쪽으로 흐르다가 태백산 부근에서 서쪽으로 방향을 바꾸어 남쪽 내륙의 지리산에 이르는 산맥으로 우리나라 땅의 근골을 이루는 거대한 산줄기의 옛 이름이다. 2005년 1월 1일부터 시행되고, 2009년 3월 5일자로 개정된 「백두대간 보호에 관한 법률」에서 "백두대간이라 함은 백두산에서 시작하여 금강산·설악산·태백산·소백산을 거쳐 지리산으로 이어지는 큰 산줄기를 말한다."라고 정의하고 있다. 산경표에 따르면 백두산부터 원산, 함경도 단천의 황토령, 함흥의 황초령, 설한령, 평안도

고요한 새벽 아침을 깨우는 지리산 골짜기 작은마을 불빛

정겨운 능선길 스며드는 능선길

연원의 낭림산, 함경도 안변의 분수령, 강원도 회양의 철령과 금강산, 강릉의 오대산, 삼척의 태백산, 충청도 보은의 속리산을 거쳐 지리산으로 이어지는 것이라고 한국민족대백과사전에서는 설명하고 있다.

이번 백두대간 종주 구간은 37개로 나누어졌다. 종주 진행의 원활함을 위하여 백두산을 향한 북진과 지리산을 향한 남진을 교체하면서 진행되기도 하고, 구간별 코스도 계절과 날씨

등을 살피면서 순서를 바꾸기도 한다. 오늘 만복대는 순서를 바꾼 두 번째 코스이며, 백두 종주를 시작한 지는 열한 번째다. 성삼재에서 시작하여 여원재에서 마치는 정겨운 능선 길로 이루어졌다. 게다가 백두대간 길 중에서 유일하게 마을을 통과하는 구간이다. 그러다 보니 산행 자체가 20km 정도의 거리라도 조금은 억지스럽지만 부담스럽지 않는 대간길로 느껴진다. 쉬어 갈 수 있는 쉼표 같은 마을이 기다리고 있기 때문인가.

어느덧 백두대간 종주를 시작한 지 5개월이 흐르는 동안 매섭게 추웠던 겨울을 보내고 이제는 따스한 땅의 기운이 올라오는 봄이 참 반갑기만 하다. 산보하듯 부담 없이 고리봉을 지나 만복대에 다다랐다. 전라남도 구례군과 전라북도 남원시 사이에 있는 만복대(萬福臺, 1,437m)는 노고단(1,507m)과 반야봉(1,732m)를 잇는 능선상에 놓여 있다. 세상의 중심인 듯 위치한 봉우리의 모습이 풍수지리상 '지리산에서 많은 복을 차지하고 있다.'라고 이름 불려질 만하다.

국립공원관리공단에서는 탐방객들의 무분별한 이용과 샛길 출입 행위로 인해 토양답압 및 식생 쇠퇴현상이 지속되고 있어 국립공원 생태계 건강성 증진을 위해 식생 및 지형복원사업을 시행하였다고 한다. 복원을 할 수 있었다니 천만다행이다. 이토록 멋지고 좋은 자연경관을 우리 세대만 즐기고 말일은 아니지… 이곳을 다시 찾아올 미래 세대에게도 복을 남겨두어야지….

'우리 모두 아껴주고 사랑하면서 복을 지을 일이다.'

그러다 보니 어느새 유일한 노치마을 입구에 세워져 있는 팻말을 보면서 가벼이 마을 길로 들어섰다. 길가에 햇살을 받아 은은한 빛과 향기가 매력적인 미선나무꽃이 만발해 있었다. 눈부시게 손 흔드는 가느린 몸짓을 보니 피곤이 싹 물러간다. 미선나무는 물푸레나뭇과의 식물로 꽃 모양은 개나리와 같으나 꽃의 크기는 개나리꽃보다 작다. 미선나무라는 이름은 열매가 부채 모양이라 붙여진 것으로 한국 특산식물이다.

나도 손을 흔들며 '미선아, 안녕!'

백두대간이 통과하는 유일한 마을인 주천면 덕치리 노치(蘆峙)마을 기념비에는 다음과 같이 적혀 있다.
"조선조 초에 경주 정씨가 터 잡고, 이어 경주이씨가 들어와 형성되었다는 이 마을은 해발 550m의 고랭지로서 본래 이름

노치마을 기념비

은 갈재이다. 마을 앞 지리산의 관문인 고리봉과 만복대에 억새
가 많이 있어 갈대라고 불렀는데, 지금은 노치(蘆峙)로 쓴다. 한
국전쟁 때는 지리산 공비 토벌 작전으로 완전히 불타버린 아픔
이 있는 이 마을은 전국에서 백두대간 능선이 유일하게 통과한
다. 마을 뒷산에는 삼국시대 때 축성된 노치산성이 있다. 이 마
을은 당시 신라와 백제의 국경지대로서 중요한 방어지역이었으
며, 아영면 아막성에서 정령치 고리봉의 산성까지를 연결하는
중요한 거점이었다. 지금은 백두대간을 찾는 사람들의 지친 발
걸음을 거두어 주는 따뜻함이 있다."

노치마을 입구의 한 농가 주인이 센스 있게 시원한 지리산 생막걸리와 마른 멸치 그리고 고추장을 함께 내놓았다. 여섯 시간 넘게 걸어온 지친 발걸음에 시원한 막걸리 한 잔은 사막 한 가운데에 있는 귀한 오아시스 같은 존재다. 술을 못 마시는 사람도 한 모금씩 마시며 갈증을 해소했다. 백두대간 구간 중에 유일하게 존재하는 마을답다. 지친 발걸음을 이렇게 시원하게 거둬 주다니....

나도 모르게 지리산 생막걸리 한 잔을 "가~~" 순식간에 마셔버렸다. 생막걸리 덕분에 남은 네 시간여의 구간은 일사천리로 룰루랄라 하면서 여원재에 도착할 수 있었다.

- 성삼재-고리봉-만복대-정령치-고리봉-주촌-수정봉-여원재.
- 총 거리 20.6km, 10시간 소요.
- 2007년 4월 15일.

고남산

아까 그 길이 맞나 봅니다

"이 길이 아닌가 봐."

"아까 그 길이 맞나 봅니다."

"아니, 이런 세상에나 어쩔 거야."

"아무래도 나의 체력은 여기까지인가 보다."

2006년 11월 18일 새벽 4시, 전라북도 남원시 운봉읍 여원
재에 도착하였다. 현지에 도착하자마자 제법 차디찬 공기에 옷
깃을 여미며 버스에서 내렸다. 오늘은 어째 산악대장의 모습이
심상치 않다. 나는 신발 끈을 단단히 묶는 중이었다. 조금도 지

앞산보다 기세가 더 당당한 억새풀

체할 여유 없이 "자, 출발합니다."라며 산악대장이 재빨리 움직이기 시작했다. '엥? 아니, 이 상황은 뭐지?' 사람들은 배낭을 올려 매면서 총총걸음으로 산악대상을 따라나섰다. '아이고, 오늘은 이게 또 무슨 일인가?' 불길한 예감이 들었다.

다급하게 어두운 산길을 걸으며 헤드 랜턴을 켜고는 부리나케 산악대장을 따라나섰다. 범상치 않은 분위기에 휩싸여 조금이라도 뒤처질세라 선두 뒤를 바짝 쫓아가고 있었다. 한참을 조용히 깜깜한 새벽공기에만 집중하면서 걷다가 심상찮은 분위기를 느꼈다. 저 멀리 선두에서 우리를 이끌어 가던 산악대장이 갑자기 휙 뒤를 돌아보았다.

'이 길이 아닌가 봐~~.'라며 깜깜한 새벽 밤하늘을 타고 산악대장의 암담한 외침이 들렸다.

한 시간도 넘는 거리를 몸도 풀리지 않은 상태에서 어기적어기적 씩씩대면서 올라왔는데, 그 험난한 산길을 다시 돌아가야 한단다. 하루 종일 걸어야 할 거리가 20km인데. 앞으로 가기만 해도 험난한 긴 여정을, 하물며 뒤로 돌아가야 한다고?

중간 무리에 있던 나는 깊은 한숨과 거친 호흡을 헉헉 내 쉬면서 뒤를 돌아보았다. 후미 일행은 저 골짜기 아래에서 산을 오르고 있었다. 이 난감한 외침에 되돌아가야 한다는 낙심과 그래도 저 높은 오르막을 오르지 않았다는 소심한 기쁨의 환호성이 '와~'하고 터졌다. 오히려 후미에서 오던 사람들이 호흡을 조절하면서 체력도 아끼고 가뿐하게 선두자리로 자리 바뀜이 되어버리는 순간이었다. 선두에 있던 무리에서는 '아아 ~,' 하는 깊은 한숨과 거친 호흡들이 여기저기서 터져 나왔다 그렇게 '아아~'와 '와~'의 함성을 뒤로한 채 다시 한참을 걸어서 원점으로 돌아온 후 이전과는 다른 방향으로 출발하였다.

나는 혼란스러웠던 몸과 마음을 가다듬고 간신히 선두 대열에 합류하였다. 여전히 춥고 깜깜한 새벽길을 랜턴에 의지하며 걸었다. 바짝 긴장했던 탓인지 추운 겨울 날씨임에도 전혀 춥지 않았다. 그런데 이번에는 산악대장이 아주 미안해하는 표정으로 말을 조그맣게 이어갔다.

"아까 갔던 그 길이 맞나 봅니다."
"아니, 이런 세상에나 어쩔 거야."
'아무래도 나의 체력은 여기까지인가 보다.'

나는 결국 기진맥진, 완전히 지치고 심하게 낙심했다. 배낭을 내려놓고 나서 물 한 모금 마시고 방울토마토 딱 2알을 후딱 빠르게 먹었다. 휴식과 에너지가 필요한 순간이었다. 그러는 사이에 앞서가던 산악대장은 아무런 머뭇거림 없이 출발하였고, 함께했던 일행은 모두 출발한 상태였다. 애써 죽을힘을 다해 최선을 다했는데 이미 선두는 놓쳐 버렸고, 결국 후미에서 자신과의 싸움만 남은 상태가 되어버렸다.

배는 고프고 발은 땅에서 떨어지지 않았다. 긴 산행에서 좀 더 쉽게 체력 조절을 할 수 있는 비결은 선두로 가는 것이다. 그러면 적절한 휴식도 스스로 정해서 자기 속도와 체력을 조절하기가 수월하기 때문이다. 그 반면, 상대적으로 후미에서 간다는 것은 휴식을 취하는 순간에도 심리적으로도 늦었다는 생각들로 가득 차서 자기 속도 제어가 어렵다.

장시간 산행에서는 무엇보다도 체력조절이 가장 중요하다. 마지막 하산할 때까지 자기 체력에서 20% 정도는 반드시 남겨 놓아야 끝까지 산행을 마칠 수가 있다. 그런데 나는 산행 초반에 기력을 완전히 소진해 버렸고 후미에 남게 되었다. 나머지 산행은 무조건 힘이 들 수밖에 없었다.

'아~ 여기서 그만둘 수는 절대 없는 일.'

'나는 백두대간을 종주하러 온 산악인이다.' 하면서 자기 최면을 걸었다.

다시 정신 줄을 부여잡고 호흡을 가다듬었다. 힘이 다 빠진 탓에 빨리 가지는 못했지만, 최선을 다해서 쉬지 않고 꾸준히 걷다 보니 어느덧 날이 밝아 왔다. 드디어 저 멀리 앞산에 있는 사람들의 모습이 조그맣게 들어 왔다. '그래 가 보자, 또 가 보자.' 이렇게 나 자신을 격려하며 9시간 만에 복성이재에 도착하였다.

아무리 긴박하고 힘이 들면서 앞이 보이지 않는 상황이라 할지라도 자기 속도를 유지하면서 차근차근 꾸준하게 한 걸음 한 걸음 나아가다 보니 중도 하산 없이 도착지에 도달할 수 있었다. 삶을 대하는 자세, '꾸준히'라는 것을 이번 산행에서 생생하게 깨닫게 되는 순간이었다.

그나저나 지금까지도 이해는 가지 않는다. 백두대간 코스를 속속들이 잘 알고 있는 산악대장이 정말 길을 몰랐을까? 아님, 초반 산행에서 백두대간 종주에 대한 우리의 의지를 다잡으려고 그랬을까? 어쨌거나 '이 길이 아닌가 봐.'를 몇 차례 당하고 나서 우리 일행은 산악대장의 행동에 긴장을 늦출 수가 없었다.

지난번 지리산에서 주먹밥과 라면 정도로 끼니를 채운 기억에 이번 산행에서는 무겁지만 모두들 배낭에 먹을 것을 철저히 준비해 왔다. 산행하는 동안 먹은 음식은 미역국, 북어국, 오뎅국, 밥, 김치, 양주, 소주, 맥주, 막걸리, 귤, 사과, 토마토, 떡, 홍삼절편, 도라지 물, 초콜릿, 커피였다. 산에서 먹는 것은 무엇이든지 너무너무 맛있다. 이렇게 맛있는 것들 덕분에 힘을 얻어 산행을 무사히 마칠 수 있었다.

- 여원재에서 출발한 지 4시간 만에 사치재에 도착하였고, 이후 5시간 만에 복성이재에 도착하였다.

- 총 9시간 동안 20km, 백두대간 종주 3구간인 고남산 산행을 이렇게 마쳤다.

봉화산

나를 위하여 네가 존재하였다면

백두대간 종주를 시작하기 전에는 '와~ 눈이다.'
백두대간 종주를 시작한 후부터는 '으~ 눈이다.'

펄펄 내리는 눈을 맞으며 새벽산행 백두대간 종주 구간 봉화산을 시작하면서.

2006년 12월 2일 새벽 4시, 전라북도 남원시 아영면 복성이재에 도착하였다. 눈이 올 것이라는 기상청 예보가 있었지만, 안전한 산행을 위해 눈이 내리지 않았으면 좋겠다는 기대감을

백두대간 종주를 시작하기 전에는 와~ 눈이다.

안고 왔다. 그러나 혹시나 했는데 역시나 예보는 정확했다. 눈
이 펄펄 내리고 있었다. 백두대간 종주를 시작한 후 내리는 첫
눈이었다.

'으~ 눈이다.'

'에이~ 우리나라 기상청 예보는 너무 정확해서 인간미가 없
다.' 하면서 나는 속으로 투덜투덜 꿍알꿍알했다. 사람도 너무

정확한 사람은 뭔가 불편하다. 약간의 빈틈이 있어야 다가가기가 훨씬 편하듯 말이다. 현재는 폭설이 내리고 있지만, 기상청 예보의 빈틈을 기대하면서 내리는 눈을 대비하여 배낭에 겉싸개를 덮어주었다. 스패치와 아이젠도 착용하고, 방수가 되는 커다란 주먹장갑과 모자를 푹 눌러 쓴 채 랜턴을 켜고 겨울 눈 산행을 드디어 시작했다.

'날씨가 도와주어야 할 텐데, 하늘이시여 좀 봐주시라!'

눈발이 제법 세차게 날렸다. 바람도 쌩쌩 불고, 눈이 내리니 밤하늘은 더 깜깜했다. 달빛도 별빛도 없기 때문이다. 춥기도 하고 두렵기만 한 깜깜한 새벽 산길을 걷기 시작했다. 처음으로 경험해 보는 세찬 눈이 날리는 깜깜한 새벽 산행이었다.

깜깜한 산길을 앞서가는 사람과 간격을 좁혀가면서 랜턴이 비춰주는 방향을 향해서 걸었다. 한 걸음 한 걸음 걷다 보니 세상사 고민거리들이 저절로 잊혀졌다. 추위와 힘겨움 사이에서 아무것도 생각할 수 없었다.

장시간 아무 말 없이 걷는다는 것은 나와의 대화 시간이 그만큼 생겼다는 것이다. 폭설이 내리는 깊은 산속에서 아이젠을 착용한 신발로 한 걸음 한 걸음 걷다 보니 힘이 들어서 아무런 생각이 들지 않는다. 오로지 오늘 코스를 무조건 무사히 잘 마쳐야겠다는 생각뿐이다. 그 한 가지 생각만으로도 모든 잡념들이 사라진다. '이런 것이 묵언수행인가?' 복잡한 생각들을 할 수 없는 상황!

나는 대한민국에서 태어난 여자라서 군대는 다녀오지 않았지만, '씩씩하고 용감한 군인들이 행군할 때 졸면서, 아니 자면서도 걷는다.'는 말을 백퍼센트 공감한다. 나도 산행하면서 당당히 졸아봤기 때문이다.(하하) 산길 옆으로는 대부분 깊은 골짜기인데, 자칫 발을 헛디디면 상상만 해도 아찔한 상황이다. 그런데도 백두대간 산행을 하려면 새벽마다 걸어야 하는 산길이기 때문에 졸음이 와서 거의 눈을 감고 걸었다. 동이 트고 날이 밝아지면 그제야 부시시 눈이 떠졌다. 아무리 생각해도 무사히 산행을 마치고 하산할 수 있었던 것은 하늘이 도왔다고 할 수밖에 없다. '도전하는 자에게는 하늘의 도움이 기다리고 있다.'

백두대간 종주를 하겠다고 도전장을 낸 나는 사실 아침형 인간이 아니다. 오히려 좀 게으르고, 매사를 나중으로 미루는 그런 모습이 실제 내 모습이다. 그래서 새벽 산행을 한다는 것은 나에게 있어서 정말 특별한 사건이다. '도전'이란 '정면으로 맞서 싸움을 걸다'는 사전적 의미가 있다. 나는 지금 이 순간,

백두대간 종주라는 대상에 정면으로 맞서서 싸움을 걸고 있는 중이다. 꼬옥 ~ 해내고 싶다. 어떤 두려움도 무릅쓰고 말이다. 나의 인생에 있어서 스스로 선택한 첫 번째 도전이기 때문이다.

백두대간 종주를 시작한 후부터는 으~ 눈이다.

3시간 만에 봉화산에 도착했다. 배가 고파왔다. 얼기 직전인 살얼음 김밥 덩어리를 입안에 밀어 넣었다. 이가 시릴 정도다. 급하게 따뜻한 커피 한 잔을 후루룩 마시며 김밥을 녹였다. 겨울 산행에 살얼음 김밥을 먹어 보지 않은 자는 백두대간 종주의 진정한 맛을 알 수 있을까?

다시 기운을 보충한 후 터벅터벅 월경산, 중재를 지나 백운산 정상에 도착하였다. 눈은 계속해서 내렸다. 아이젠을 착용하고 걸었지만, 추위와 아이젠의 불편함으로 속도를 올릴 수가 없었다. 기상청 일기예보는 아주 정확했다. 백운산 정상 비석 주변에는 하얀 눈이 가득 가득 쌓여 있었다. 점심시간 12시, 여전히 배꼽시계는 정확히 울리고 있었다. 그만큼 내가 건강하다는 신호이다. 그런데 어디선가 자극하는 신라면 냄새가 모락모락 올라오고 있었다. 이 산중에는 아무도 없는데.... '이런!' 산행 중에 누군가가 추위를 녹이면서 라면을 끓이고 있었다.

'와~ 이건 해도 해도 너무한데.' 꾸울꺽~~군침....

계속되는 산행으로 추위와 지침 그리고 배고픔을 무릅쓰고 굵은 눈송이가 흩날리는 백운산 징상에 올랐다. 정상에서 바라본 눈 덮인 산야보다 바로 코앞 코펠 안에서 뽀글뽀글 끓고 있는 라면의 모습은 너무나 매력적이고 황홀했다.

'나를 위하여, 라면, 네가 존재하였다면' 얼마나 기막히게 좋았겠는가?
군침만 꿀꺽 삼키고 '좋은 산행되세요.' 하면서 돌아서는데

'아이쿠' '철퍼덕' 소리가
이어졌다.

이번 산행에서 유난히

말없이 점잖은 박민주 씨가 뽀글뽀글 맛있게 끓고 있는 라면 옆에서 엉덩방아를 찧으며 낸 소리였다. 속으로 얼마나 먹고 싶었을까? 고개만 돌리고 쳐다보다 발을 헛디딘 것이었다. 누구랄 것도 없이 이심전심으로 우당탕 넘어진 모습에 크게 한바탕 웃을 수밖에 없었다. 나는 그렇게 눈 덮인 하얀 산을 걷고 걸어 무사히 무령고개에 도착하였다.

- 복성이재-봉화산-월경산-중재-백운산-영취산-무령고개를 통과하는 백두대간 종주 4구간을 마쳤다.
- 총 거리 19.5km, 소요시간은 9시간 걸렸다.

영취산

뚜껑은 어디로

'버너 뚜껑은 어디로 숨어 버렸나?'

2006년 12월 15일 새벽 4시, 전라북도 장수군 무령고개에 도착했다.

오늘은 백두대간 종주 다섯 번째 산행이다. 일행은 이제 겨우 서먹서먹한 분위기에서 조금씩 벗어나기 시작했다. 제법 눈도 내리기 시작했다. 백두대간을 종주하러 온 사람들은 말 수가 유난히 적다. 그동안의 경험으로 볼 때 산행을 하다 보면 삼삼오오 대화가 끊이지 않고, 때로는 심지어 왁자지껄 소란스럽기까지 했다. 그런데 여기에 모인 백두대간을 종주하러 온 사람들은 전혀 다른 모습이었다.

나는 이렇게 말없이 조용히 산을 오르내리는 모습이 참 마음에 들었다. 묵묵히 아무 말 없이 산을 오르내리는 모습을 바라보는 것만으로도 힐링이 되었다. 힘이 들어 땀을 뻘뻘 흘리고, 숨이 차서 헉헉대면서도 아무런 불평 없이 자기 자신을 이겨내고 있는 모습이 얼마나 근사한가! 나의 모습도 저들과 닮아 있을까?

오늘은 산행 시작부터 윤용호 씨가 고가의 장비를 자랑하기 시작했다. 산악인들은 백두대간 종주를 준비하면서 다양한 장비를 구비한다. 배낭, 등산복, 등산화, 스틱 외에도 버너와 코펠도 준비하는데, 이번에는 고가의 버너와 코펠을 특별히 준비하였다고 한다. 덕분에 높은 산에서도 잘 작동되는 버너로 맛있고 따뜻한 라면을 먹을 수 있게 되었다. 지난번 백운산에서의 라면과 엉덩방아 사건 이후 정상에서의 라면을 사실 나도 맛보고 싶었다. '역시 라면이란 정상에서 먹어야 제맛이지!'

드디어 3시간 만에 깃대봉에 도착하였다. 나에게도 정상에서 라면을 먹을 수 있는 절호의 기회가 찾아왔다. 윤용호 씨가 아침식사를 마련하기 위해 특별한 요리사 모드로 태도를 바꾸었다. 라면을 끓일 때는 요렇게 조렇게 일류 요리사처럼 명강의와 더불어 맛있는 특급 산상 라면을 끓여서 내놓았다. 덕분에 특별하고도 따뜻한 라면과 함께 맛있고 환상적인 산상 조찬을 먹을 수 있었다. 함께 식사를 했던 신언용 씨와 김운식 씨는 식사가 끝나자마자 늦었다며 먼저 후다닥 가버렸다. 아마도 처음 산행에 대한 긴장감으로 서둘러 자리를 뜬 것 같았다.

뒷정리는 깨끗하고 아름답게 처리하는 것이 산악인의 기본 매너. 그런데 이런! 버너 뚜껑이 사라졌다.

'버너 뚜껑은 어디로 숨어 버렸나?'

윤용호 씨와 함께 주변을 샅샅이 찾아보았으나 잃어버린 뚜껑은 보이지 않았다. 이때부터 그의 마음은 서서히 불편해지기 시작했다. 버너 뚜껑이 사라진 것도 속상했지만, 아마도 신언용 씨와 김운식 씨가 함께 온 일행을 만나러 부리나케 가버린 게 못내 서운했던 모양이다. 결국 버너 뚜껑은 찾지 못했고, 섭섭한 마음만 남게 되었다.

각자의 입장이야 물론 있었겠지만, '깃대봉에서의 버너 뚜껑 사건'은 호기롭게 '그까짓 것' 하며 넘겼어도 좋았겠다 싶었다.

그렇지만 산행 중에 식사만 마치고 휙 날아가 버린 그들이 진심으로 안타까움을 표현했더라면 아무 일도 아니었을 텐데, 아마도 미안한 마음에 미처 표현하지 못했을 것 같기도 하다. 다시 배낭을 짊어지고 스틱을 탁탁거리며 잃어버려 찜찜했던 버너 뚜껑과 먼저 출발한 그들을 생각하면서 다시 산행을 시작했다.

드디어 5시간 만에 육십령에 도착했다. 백두대간 종주 코스 중 제일 짧은 다섯 번째 구간이었다. 다섯 번의 만남을 통해 묵묵히 인내하면서 자기 길을 가는 멋진 산악인의 모습도 발견할 수 있었다. 물론 오늘은 공교롭게도 가장 가까운 거리에서 서로 간에 불편함도 느낄 수 있는 산행이기도 했다. 인생살이라는 것이 아주 작은 사소한 일로 사이가 틀어지기도 하고, 아주 작은 배려로 진한 감동을 받기도 한다. 어디에서나 사람들이 살아가는 모습은 비슷한 것 같다.

평소보다 짧은 코스로 인하여 하산 후 이른 점심을 먹으면서 저마다 준비해 온 혈액순환제를 꺼내 왔다. 고급 양주부터 서민용 소주, 그리고 식당에서 제공하는 막걸리와 맥주를 처방받으면서 사람들은 약 기운을 제대로 받은 모양이다. 여기저기서 '하하하' '허허허' '좋다, 좋다, 너무 좋다.'를 연발하며 화기애애한 분위기가 되자, 그동안의 서먹서먹한 분위기는 어느 순간 날아가 버렸다. 그 덕분에 버너 뚜껑 분실 이후로 침울했던 윤용호 씨와 신언용 씨 그리고 김운식 씨는 어느새 주거니 받거니 언제 그런 일이 있었나 싶게 술잔을 나누고 있었다. 혈액순환제는 엉킨 마음도 풀어주는 능력이 있나 보다.

오늘은 산행에 참석한 스물여섯 명과 함께 단체사진도 찍었다. '이들과 끝까지 백두대간 종주를 완주할 수 있을까?' 백두대간 종주 중에 마주할 산의 모습과 그 속에서 새롭고 다양한 만남들이 이어지게 될 것 같다. 앞으로 다음 코스는 어떤 모습일지 궁금하다.

- 무령고개에서 출발하여 영취산-덕운봉-전망대 바위(민령)-깃대봉-육십령에 이르는 백두대간 종주 5구간을 마쳤다.
- 총 거리 11.37km, 5시간이 소요되었다.

< 뒷이야기 >

무사히 산행을 마치고 서울로 돌아오는 버스에 지친 몸을 올려놓았다. 비교적 짧은 산행시간 덕분에 평상시보다 빨리 동대문에 도착했다. 서울에서 일행 모두가 참석하여 뒤풀이를 할

수 있는 유일한 시간이 생겼다. 뒤풀이는 산행에서 불편했던 '버너 뚜껑' 사건을 용두동 쭈꾸미집에서 매운맛으로 한 번 더 날려버렸다. 윤용호 씨, 신언용 씨, 김운식 씨 모두 언제 무슨 일이 있었나? 싶을 만큼 끈끈하게 다음 산행에 대한 기대감으로 똘똘 뭉쳤기 때문이다. 산행 내내 찜찜했던 기분이 해결되어서 참으로 다행이었다.

나는 뒤풀이를 마치고 기분 좋게 집으로 가는 택시를 탔다. '얼른 집에 가서 따뜻한 물에 샤워하고 포근한 이부자리로 쏘옥 들어가야지.' 했다. 차가 달리기 시작하자마자 조금씩 굵은 눈송이가 흩날렸다. 집으로 가는 택시 안에서 보는 눈 내리는 모습은 제법 운치가 있었다. 오늘 새벽 산에서 만났던 눈과는 전혀 다른 낭만적인 기분이랄까! '인간의 마음이란 바람에 흔들리는 갈대와 같다.'더니 처해 있는 상황에 따라 이렇게 다를 수가.

10분 정도 달렸을까? 갑자기 한두 송이 내리던 눈이 펄펄 폭설로 변했다. 저절로 택시는 속도를 줄였고, 한강 도로를 최저속도로 덜덜거리며 기어가기 시작했다. 그런데 문제는 여기서부터 발생했다. 의아스럽겠지만, 이 시기에는 자동차에 내비게이션이 없었다. 기사님께서 펄펄 눈이 날리고 있는 한강 도로 중앙에서 바로 그때서야 '나는 집이 남양주라서 서울 지리는 잘 모른다.'고 선언하는 것이었다.

'아 어쩌란 말인가?'

나도 길을 모른다. 정말 모른다. 나도 모르고 기사도 모르고.

기사가 '서울 지리를 모른다니.' 그러면서도 포기하지 않고 계속해서 주행하고 있다. 눈은 앞이 보이지 않을 정도로 펄펄 내리고 차는 설설 기어가고 있다. 비록 태생적 길치이긴 하지만 최소한 서울에서 태어나고 자란 내가 볼 때, 분명히 기사는 요리조리 매번 집으로 가는 방향이 아닌 다른 곳으로 가고 있는 것이었다. 순간 섬뜩했다. '이러다가 미끄러운 한강 도로에서 빠져 죽는 건 아닌가?' 그렇다면 '나는 어디로?' 한강 물속으로. 생각만 해도 정말 끔찍한 상황이었다. '아니면 혹시 나를 상상하기조차 하기 싫은 이상한 곳으로 데려가는 것인가?' 정말 가슴 졸이는 시간이었다. 20분이면 도착할 수 있는 거리를 2시간 동안 택시 안에서 한강 도로와 주변 도로를 왔다갔다했다.

기사님에게 재촉하자니 불안해서 한강으로 풍당 빠져들까? 염려되었다. 그러다가 전혀 모르는 길로 냅다 달릴 때는 '나를 이상한 곳으로 데려가는 것이 아닌가?' 하는 두려움에 떨었다. 그렇게 2시간여 만에 간신히 집이 보이는 근처에 다다랐다. 어찌나 반가운지, 무사히 데려다준 기사님에게 연실 고개를 숙이며 감사의 인사를 하고서 얼른 쏜살같이 재빠르게 택시에서 내렸다.

천신만고 끝에 집에 도착하여 안도의 한숨을 돌렸다. 오늘은 백두대간을 종주한 것보다 훨씬 무섭고, 두렵고, 험난한 귀가 길에서 '이건 뭐지?' 깊은 산중에서 복병을 만나면 어찌할까 조마조마했었는데, 서울 시내 한복판에서 이런 복병을 만나게 될 줄이야. '인생사란 이런 것인가?' 예기치 못한 곳에서 복병이 기다리고 있다는 것.

남덕유산

눈밭에서 못다 피운 모닥불

2007년 1월 6일, 매서운 겨울 산에 대비하여 완전 무장을 했다. 겨울 산에서 만나는 바람과 얼어붙은 눈이 나를 가만히 놔두지 않을 것 같아서 눈만 껌뻑껌뻑 내놓은 채 신체의 모든 부분을 두 겹 세 겹 꽁꽁 싸맸다. 양말도 두 켤레, 물론 장갑도 두 켤레 착용했다.

나는 주목과 눈꽃이 가득한 겨울 사진을 통하여 덕유산을 처음 접했다. 사진 속 풍경은 외로운, 아니 철저히 고독한 고목나무 위에 무심히 내려앉은 설경이었다. 지금은 그 사진 속 덕유산을 향해 한겨울의 무서운 추위를 무릅쓰고 한 걸음 한 걸

눈 덮인 덕유산

음 뚜벅뚜벅 걷고 있다.

    육십령에서 출발하여 월성재를 지나 드디어 7시간 만에 바
람을 피할 수 있는 삿갓대피소에 도착했다. '으~~~' 바람만 불
지 않아도 살 것 같았다. 지나온 산행길은 정말 죽을 것 같이
힘이 들었다. 매서운 겨울 산의 살 속을 파고드는 칼바람은 아

무리 두 겹 세 겹 싸매어 감쌌어도 몸과 마음을 꽁꽁 꽝꽝 얼어붙게 만들었다. 사진 속 고목을 직접 몸으로 체험하고 있는 듯했다. 정작 같은 덕유산 속에 있는 나는 사진 속 고목처럼 환상적이고 신비적이지 않았다. 죽을 만큼 고통스럽기만 했다.

'누가 이렇게 사서 고생하라고 등을 떠밀었는가?' 누구랄 것도 없이 나였다.

백두대간 종주라는 것에 도전장을 낸 나는 어설프게 대자연을 상대로 나의 답답함 마음을 해소하고 싶어서였다. '나 좀 알아달라고, 나 지금 맘이 아프다고, 나 좀 안아달라고….'

삿갓대피소는 눈과 칼바람을 피해 몰려온 사람들을 모두 감당하기에는 장소가 협소했다. 간신히 대피소 안에 들어갈 수 있었지만, 한동안 몸이 얼어서 미동조차 할 수 없었다. 누군가가 솔선해서 버너에 불을 피워 따뜻한 라면과 커피를 끓이기 시작했다. 대피소 안에서의 라면 냄새와 커피 향은 냄새만으로도 사람을 일으키게 하는 효과가 충분했다. 슬금슬금 잔을 건네며 불쌍한 표정을 지어봤다. 아무 말 없이 무심하게 정감 가득 툭 이어지는 라면 한 국자. 두 손으로 감싸 안은 채 후~후~ 꼴깍 목 넘김을 하고 나니 따뜻한 라면 국물 한 모금에 몸이 저절로 녹여졌다. 라면 국물에 몸이 녹여지다니? 정말! 그렇다. 녹여진다. 평지에서는 별거 아닐 수 있는 것이 산에서는 아주 대단한 능력을 발휘하는 일들이 종종 발생했다.

몸도 녹이고 배도 채우고 나니 기운이 좀 생겨났다. 땀과 눈에 젖은 장갑을 갈아 끼우고, 옷매무새를 다시 꽁꽁 싸맨 후 대피소를 나왔다. 먼발치에는 박철 씨와 일부 사람들이 모여 있었다. 저런! 대피소 안에 미처 합류를 못해 추운 바깥에서 식사를 한 것 같았다. 그곳에서는 모락모락 연기가 피워 오르고 있었다. 눈 맞은 나무에 불을 붙이고 있던 것이었다. '우와' 대단하다. 어찌 여기서 불을 피울 생각을 했을까? 아마도 혹독한 추위에 불이라도 피워서 추위를 피하려 했었나 보다. 대피소 밖으로 나오니 다시 한파가 몰려왔다. 나도 모르게 '불 옆에서 손이라도 녹여야지.' 하며 다가가려 하는데 어디선가 큰 소리로 "거기서 불을 피우고 그러시면 안 됩니다."하는 거친 목소리가 들려왔다.

'앗' 단속반이었다. 그렇지, 산에서 이러면 안 되는 거였다. 나는 얼른 가던 발걸음을 뒤로 돌려 함께 온 일행들과 무룡산을 향하여 잽싸게 이동하였다.

잊을 수 없는 덕유산 눈바람과 강추위

'휴우~ 큰일 날 뻔했네.'
'이러면 안 되는데, 함께 가야 하는데….'

　사실 박철 씨와 그 일행은 이번 종주 모임에서 에이스 중의
에이스였다. 그동안 백두대간 종주도 이미 해오고 있었고 정맥
산행도, 암벽타기도 잘 해내는 산악인이었다. 그런 이들이 단
속반에 걸려 바로 코앞 동엽령을 6km 정도 남겨 놓고 '중도 하
산', 즉 우리들이 쓰는 전문 용어로 탈출하게 되었다. 오늘 산행
거리 중 가장 힘든 구간은 거의 다 마쳤는데, 이런 일이 생기다
니 안타깝기도 하고, '이러면 안 되는데' 하면서 웃기기도 하고,
참으로 두 가지 생각이 왔다갔다했다. 겨우 여섯 번째 백두대

간을 타는 햇병아리 앞에서 장 닭 체면이 구겨지는 상황이 벌어졌다. 그러나 사실 좀 더 들여다보면 박철 씨와 그 일행은 햇병아리 같은 산행에 미숙한 우리들에게 좁은 대피소 안에서 따뜻하게 식사하라고 배려해 준 것이었고, 대신 바깥에서 야영 식사를 하면서 벌어진 해프닝이었다. 눈밭의 못다 피운 모닥불 사건은 두고두고 우리들 사이에서 회자되었다.

- 2007년 1월 6일, 전라북도 장수군과 경상남도 함양군 사이에 있는 육십령에서 출발하여 할미봉-서봉-남덕유산-월성재-삿갓봉-동엽령에서 마치는 19.31km

- 9시간이 소요된 백두대간 종주 여섯 번째 날이었다.

북덕유산

숯 검댕이 얼굴

평상시의 컨디션으로 보면, 지난번 힘들었던 남덕유산 코스를 마치고 포기할 만도 했지만, 다시 북덕유산 코스를 오르겠다고 나섰다. 추운 겨울에 시작한 새벽 산행은 생각보다 훨씬 힘들다. 고달픈 산행을 말로 표현하기 뭐하지만, 모든 일의 우선순위도 자연스레 정해졌다. 약골 체력을 높이기 위하여 주중에는 무조건 피트니스 센터에서 한 시간 동안 근력운동을 한다. 백두대간 종주가 없는 주말에는 불암산, 수락산, 사패산, 도봉산, 북한산을 번갈아 오르내리며 산행에 필요한 절대적 체력을 준비한다. 물론 백두대간 종주 기간에는 모든 일정에 대한 약

나뭇가지마다 서로의 거리를 유지하며 찬란한 아침을 맞이하고 있다.

속이나 집안의 대소사 모두 불가피하게 참석을 못 하는 일이 빈번해졌다. 백두대간 종주라는 것이 일상생활을 완전히 뒤바꿔 놓았다. 모든 일상이 백두대간 종주를 시작하기 전과 후로 엄청난 변화가 일어났다.

오늘도 역시나 백두대간 종주를 해 보겠다며 굳은 결심을 하고, 금요일 늦은 밤 11시에 버스에 올랐다. 이제는 아는 얼굴들이 조금씩 보이고 서로의 안부가 궁금해지기도 한다. 지난번 남덕유 코스에서 박철 씨와 함께했던 일행이 모닥불 사건으로 산에서 강제로 중도 하산 당했었다. 그런데 오늘은 박철 씨만 보이지 않았다. '무슨 일이 생겼나?' '안 오실 분이 아닌데?' 그만큼 힘든 산행을 하면서 동지애가 생긴 것일까?

새벽 3시 반경 출발 준비를 마친 우리는 안성탐방지원센터에서 동엽령을 향하여 출발했다. 매서운 추위를 심하게 겪었던 터라 모두 비장한 모습이다. 차갑고 매서운 눈바람은 불어대고, 계속해서 오르막이라 아무런 생각조차 할 수 없다. 특별히 백두대간 종주 중 겨울 덕유산 구간은 가장 잊지 못할 더더욱 힘든 구간이었다. 캄캄한 새벽을 지나 점점 날이 밝아지기 시작했다. '당연히 힘들겠지.' 하면서 상상과 각오도 했지만, 항상 상상 이상이었다.

예전에 "산에 갈래? 바다에 갈래?"라고 물어 오면 당연히 "바다에 갈래!" 했던 나였다. 그런데 무슨 일이 있었던 거니? 이제는 '산에 간다.' 하고 이렇게 새벽 산행까지 마다하지 않으며 37회에 걸친 3년간의 고행 바다에 스스로 몸을 던지고 있다니, 지금 돌이켜 봐도 정말 이상한 일을 저지른 것이 분명하다.

'왜 백두대간 종주를 하겠다고 선언했을까?'

지친 발걸음 한 걸음과 내동댕이쳐진 내 마음이 함께 오르고 있는 백두대간 길에서 길고 긴 싸움을 벌이고 있었다.

날이 제법 환해지자 사람들의 모습이 눈에 들어왔다. 지친 모습은 이미 봐 왔던 터라 그럴 만한데, 오늘은 웬일인지 얼굴이 모두 시커멓다. 산을 오르느라 고생해서인가? 아니면 눈바람이 불어서인가? 모두의 얼굴은 선크림을 바른 유분과 땀이 범벅 되어서인지 번지르르하게 잘 구워진 숯 같았다. 눈은 빤짝빤짝하고, 피부는 시커멓게 되어버린 숯 검댕이 얼굴을 서로 바라보면서 어처구니없는 표정을 지어댔다.

숯 검댕이 얼굴을 기억하면서 얼마 전에 원숭이는 '숯을 먹

눈바람을 맞으며 점점 얼굴이 까맣게 변해 가고 있었다.

는다'라는 뉴스를 통해 알게 된 내용이 제법 흥미롭다. 아프리카의 작은 섬 잔지바르에서 한 원숭이가 모닥불 앞에서 숯덩이를 호호 불어가며 먹고 있는 모습은 상당히 인상적이었다. 원숭이들이 즐겨 먹는 망고 나뭇잎에는 '페놀'이라는 독이 있는데, 숯은 이 성분이 몸에 흡수되는 것을 막아 준다. 원숭이들은 평소 즐겨 먹는 나뭇잎의 독성을 없애기 위해 천연 해독제인 '숯'을 먹는 것이다. 숯에 있는 수많은 미세 구멍들이 독성분을 흡수한다. 이 미세 구멍들의 면적을 모두 합하면 1g당 약 1,000㎡에 달한다. 동물들조차 본능적으로 지혜로워짐을 알 수 있다.

사실 원숭이뿐만 아니라 인간들도 숯을 독성물질 중화에 사용해 왔다. 미세먼지를 막아 주는 마스크에도 숯 성분이 사용되고, 소주 정제과정에서 잡냄새를 없애 주기도 한다. 하지만 원숭이처럼 막 먹어서는 안 된다. 구토, 설사, 심하면 장폐색 등 부작용이 발생할 수 있기 때문이다.

숯이 만들어지는 과정은 숯가마에 나무를 넣어서 그 나무가 불에 타면 숯이 된다. 숯은 뜨거운 온도에서 공기가 없는 시간을 보내면 나무가 까맣게 되는 것이다. 나무는 정말 쓰임이 다양하다. 형태가 좋은 나무는 숯으로 만들고, 부서진 숯가루는 밭농사를 짓는 데 이용하기도 한다. 숯가루는 지력을 높여서 농작물의 뿌리를 튼튼하게 해준다. 숯가마에서 생성되는 증기로는 목초액을 만들어 낸다. 목초액은 고추를 재배할 때 탄저병 같은 병해충을 예방하는 데 좋다. 마지막으로 숯은 냄새를 잡는데도 효과가 있고, 심지어 천연 가습의 효과까지 있다. 숯의 효능은 무궁무진하다.

숯은 순수한 우리말로 '신선한 힘'이라는 뜻을 가지고 있다. 예전에 나무가 뜨거운 불에서 숯이 되고, 숯가루가 되고, 목초액이 되어가는 과정을 지켜본 경험이 있다. 백두대간 산행 중에 숯 검댕이로 변한 얼굴을 보면서, 나무가 뜨거운 온도에서 공기가 없는 시간을 보내면 까만 숯이 되듯, 나도 백두대간 산행 중에 힘든 시간을 보내면 '신선한 힘'을 대가 없이 온전히 얻어갈 수 있을까?

- 동영렵-덕유평전-지봉-1250봉-대봉-빼재.
- 총 거리 17.47km
- 2007년 1월 20일, 북덕유산 종주 코스, 백두대간 종주 일곱 번째 날이다.

삼봉산

알아도 속아 준다

2007년 2월 3일, 경상남도 거창군 고제면 수령(빼재 또는 신풍령)에서 출발했다. 이미 산에는 많은 눈이 쌓여 힘든 겨울 산행 조건으로는 완벽했다. 오늘 산행은 각오를 단단히 해야 한다. 눈 덮인 산야인데다가 심한 오르막길과 내리막길, 다시 더 심한 오르막길과 내리막길을 계속해서 견뎌내야 완주할 수 있는 코스이기 때문이다.

이번 산행에는 30년 지기 친구 단단이가 동참했다. 친구는 평생 여행을 동반자로 여기며 참으로 여행을 즐기는 진정한 방랑객이다. 어릴 적 친구인 단단이와 눈 덮인 산행을 하게 되어서 이름처럼 든든하고 더욱 기분이 설렜다. 단단이와는 반 백 세 기념으로 네팔의 히말라야에 있는 랑탕벨리 트래킹을 함께 하면서 인생에 잊지 못할 추억을 만들기도 했다.

매서운 추위는 여전했고, 눈 덮인 산에서 칼바람 또한 감당 하기 어려웠으나 마음이 통하는 친구가 동행해 준 덕분에 고통 이 반으로 줄어든 것 같은 느낌이 들었다. 산에는 눈이 가득 쌓 여 있었고, 사방이 온통 눈 천지였다. 아이젠을 착용하고 눈 덮 인 산야를 장시간 걷는다는 것은 보통 힘든 일이 아니다. 게다 가 땅이 눈으로 덮혀 있어 보이지 않는 곳에 사고 위험이 항상 도사리고 있기 때문이다.

산악대장은 특별히 이번 산행을 위한 준비물로 비료푸대를 요청했었다. '산에서 왜 비료 푸대?' 산악대장은 옛날이야기를 이렇게 전해 주었다.

"대덕산 자락에는 부를 이룬 사람이 많았다. 덕산재(주치령)에 는 산적이 자주 출몰하였고, 마을 사람들은 산적을 피하여 고 개 아랫마을로 향하는 내리막길을 빨리 달려가야 목숨을 구할 수 있었다."

이야기에 더해서 오늘 코스 중 내리막길이 나오면 눈 덮인 내리막길을 만나게 될 것이다. 그러면 미끄럽고 두터운 비료푸 대를 이용하여 빨리 도망쳐 보는 체험을 해 보길 권유했다. 그렇다면 산에서 스키 대신 눈썰매를 타 볼 기회가 생겼다는 것인가? 춥기만 한 겨울 산행을 시작하면서 우리는 다 같이 산악대장의 말을 믿거니 말거니 하며 준비한 비료푸대와 함께 출발했다.

수령(880m)에서 수정봉을 지나 삼봉산(1,255m)까지 올랐다가 소사고개(680m)로 내려온 후 다시 삼도봉(1,248m)으로 올라가야 한다. 시작부터 계속해서 오르막으로만 이어진 수정봉을 지나 드디어 삼봉산(1,255m)에 올랐다. 웬길, 힘들게 1200고지까지 올라왔더니, 올라온 것에 반을 다시 내려가야 하는 내리막길이 준비되어 있었다. 산에서는 내리막길만큼 또다시 올라가야 하기 때문에 장거리의 내리막길은 사실상 산행할 때 즐거운 코스가 아니다. 힘 빠지는 소리가 여기저기서 들렸다.

그렇지만 삼봉산(1,255m)에서 소사고개(680m)까지 내려가야 한다. 준비한 비료푸대를 엉덩이에 대고 슬며시 앉아 본다. 내리막길을 아주 조심조심 살살 내려가 본다. 으으~ 좀 아찔아찔하다. 너무 겁이 나서 조심조심했더니 오히려 온몸에 긴장감만 잔뜩 들었다. 자칫하면 옆으로 미끄러져 골짜기에 빠져 처박힐 수도 있기 때문이다. 상상만 해도 끔찍했다. 이렇게 겁을 잔뜩 먹고 아슬아슬 내려오는 1차 눈썰매 코스를 무사히 마쳤다.

내리막길을 함께 달린 단단

　내려온 만큼 다시 힘겹게 헉헉거리며 추운 겨울이었지만 땀
까지 송골송골 내면서 대덕산(1290m)에 올랐다. 이번에는 2차
내리막길 눈썰매 코스가 펼쳐졌다. 1차 내리막 코스를 짜릿하
고 궁색하게나마 경험해 봤더니 조금 자신감이 붙었다. 이번에
는 산악대장이 전해 준 옛날이야기를 회상하면서 자기 암시를
했다. 1차 눈썰매 경험을 살려 장비(비료푸대)를 장착하고 내리막
길을 향하여 전과는 다르게 조금은 익숙한 모습으로 내려가기
시작했다. 1차 눈썰매 때와는 사뭇 태도부터 달랐다. 엉덩이에
비료푸대를 차악 밀착시키고 몸을 비스듬히 누인 후 1차 때와

삼봉산 자락

는 차별화된 전략으로 양발을 사용하는 브레이크 기법이 하나 추가되었다. 게다가 미끄러져 눈 속에 처박힐까 봐 가슴 졸였던 졸보에서 '이 정도쯤이야' 하는 강심장 자세로 어느새 완전히 달라져 있었다.

"친구야! 브레이크 잘 잡아."
"오케이."

자동차 브레이크는 보통 오른발로 밟아야 하는데, 하산길

비료푸대 브레이크는 양발 사용 기술이 필수였다. 왼쪽이 위험하면 왼발, 오른쪽이 위험하면 오른발을 사용하여 브레이크를 잡아야 했다.

"왼발~ 왼발~ 브레이크."

"하하하하 야~호!"를 외치다가

"친구야, 위험해. 오른발, 오른발 잘 잡아."

사실상 내리막 산길은 허벅지까지 눈이 쌓여서 걸을 수도 없었다. 비료푸대를 이용하는 방법 외에는 별다른 대안이 없었다. 비료푸대는 산악 지리에 익숙한 산악대장의 정확한 산악 장비였던 것이다. 마침내 안전하게 내려올 수 있어서 참으로 다행이었지만, 온몸에는 멍투성이가 훈장처럼 시퍼렇게 여기저기 남았다. 겨울이니 망정이지, 여름이었으면 도대체 무슨 일이 있었냐며 관심 좀 받았을 정도였다. 그러나 가장 힘든 구간을 즐거운 함성을 지르며 내려온 경험은 친구와 더불어 두고두고 잊지 못할 좋은 추억이 되었다. 물론 상상 속 산적은 확실히 빼돌릴 수 있었다. 이 경험을 바탕으로 네팔 랑탕벨리에서도 친구와 나는 10시간 동안 끔찍했던 하산길을 함께 내달리는 추억을 나누게 되었다.

두 번의 눈썰매를 경험하면서, 첫 번째 내리막길을 체험해 본 결과 두 번째 내리막길에서는 자신감이 차 올라온다는 단순한 진실을 알게 되었다. 심지어 내리막길조차 즐길 줄도 알게 된 나 자신을 발견할 수 있었다. 인생을 살면서 파도란 연거푸 계속해서 오게 마련이고, 파도를 한 번 타 본 경험은 다음 파도를 넘을 수 있는 원동력이 될 수 있다는 것을 알게 되는 순간이기도 했다. 나에게 비료 푸대와 함께한 눈썰매 내리막길 경험은 분명 삶의 원동력이 될 것이다.

- 수령(빼재 또는 신풍령)-수정봉-삼봉산-소사고개-삼도봉-대덕산-덕산재-부항령.
- 총 거리 20.88km, 8시간 소요.
- 2007년 2월 3일, 백두대간 종주 여덟 번째 날이다.

삼도봉

산 초보가 산꾼이 되는 순간

3월 초순임에도 비가 내려서인지 제법 차갑고 으스스하기만 하다. 오늘은 부항령에서 시작하여 우두령에 이르는 코스다. 비가 내리고 물안개까지 겹쳐서 마루금마저 아득하게 잘 보이지 않는다. 스패치를 착용하고 등산화 안에는 빗물이 들어가는 것을 조금이라도 치밀하게 막아보고자 비닐봉지를 양말처럼 한 겹 더 신었다.

가시거리가 앞에 가는 사람과 나를 앞서가려는 사람 정도만 이다. 지루하기 그지없는 산행을 계속하고 있다. 삼봉산에 이어

삼도봉 코스에도 친구 단단이와 함께했다. 그녀는 워낙 오랫동안 오지 여행을 경험해왔던 터라 웬만한 높낮이나 장애물에는 아무런 어려움 없이 쓱쓱 속도를 내면서 앞서가고 있었다. 아마도 우천으로 인하여 멋진 풍경을 볼 수 없으니 산에서 다른 재미인 속도라도 즐길 모양이다. 평상시에 피트니스 센터를 다니고, 주변 산을 다람쥐처럼 오르면서 훈련을 해왔지만, 아무리 기를 써 봐도 내 눈앞에는 단단이의 꽁무니만 보였다 사라졌다만 반복될 뿐이다. 우천으로 미끄럽기도 하고, 춥기도 하고, 아무래도 산 초보인 니는 단단이의 구력 있는 속도를 좀처럼 따라잡을 수가 없다. 간신히 삼도봉에서 만난 단단이는 기념사진 한 장 찍은 후 다시 쌩하고 질주하기 시작했다.

'잘가라 친구야! 이따 보자.'

남한 지역에는 세 개의 도를 구분하는 삼도봉(三道峯)이란 이름을 가진 봉우리가 3개 있다. 백두대간을 종주하는 행운으로 모두 직접 만나볼 수 있었다. 첫 번째 삼도봉은 민주지산 삼도봉(1,178m)으로 충북 영동 상촌면, 전북 무주 설천면, 경북 김천 부항 면을 구분한다. 두 번째 삼도봉(초점산 1,249m)은 경북 김천, 전북 무주, 경남 거창을 구분한다. 마지막으로 지리산 삼도봉

산꾼

(1,550m)은 전남 구례 산동면, 전북 남원 산내면, 경남 하동 화개면을 구분하는 봉우리이다.

어느덧 석교산으로 가는 길에 급경사 난코스 밧줄 구간이 나타났다. 가느다란 나무에 두꺼운 밧줄이 무심히 걸려 있다. 그 밧줄을 의지하여 나무가 부러지면 어쩌나 하면서 간신히 내려간다. 우중이라 돌과 흙이 미끈거리고, 심지어 밧줄마저 미끄러웠다. 주위엔 아무런 인적마저 없어서 사고라도 나면 어쩌나

한 폭의 유화로 그려진 듯한 풍경이 봄소식을 살짝 알려 주고 있다.

하면서 온갖 조바심으로 아슬아슬 무사히 밧줄에 의지하여 내려왔다. 많은 사람이 이 줄을 잡고 이동할 텐데, 정말 힘이 센 가느다란 나무였다. 언제까지 버텨줄까? 오늘은 날씨 덕분에 스산하고 기분도 착 가라앉은 게 좀처럼 활기가 생기지 않는다.

드디어 석교산 도착. 남은 구간을 함께하기 위하여 뒤에 오는 이들을 기다렸다. 일행 중에는 뒤늦게 백두대간 종주에 합류한 산 초보 닉네임을 가진 김명산 씨가 올라오고 있었다. 사진 한 장 찰칵! 우연히 석교산 표지석 뒷면에 있는 산꾼이라는 단어와 함께 사진이 찍혔다. 산 초보가 정상석을 향하여 올라오면서 산꾼이라는 단어와 절묘하게 일치되는 순간이었다. 이제는 산 초보가 아니라 위풍당당한 산꾼이 되는 순간이었다. 덩달아 나도 산 꾼이 된 것 같았다. 재미있게 찍힌 사진을 바라보며 산 꾼끼리 크게 한바탕 웃었다.

'진정 나는 산 초보를 벗어난 산꾼인가?'

국어사전에는 '산악인'을 '등산을 즐기거나 잘하는 사람'으로 정의하고, '꾼'은 '어떤 일에 능숙한 사람을 낮잡아 이르는 말'이라 정의했다. 그래서 보통 산악인이라고 부르기에는 부끄러워 스스로를 낮춰 '산꾼'이라고 부르는 경우가 많다. 어느 블로그에서는 산악인, 등산인, 등산객, 등산가, 등산인이란 것을 이렇게 표현했다.

코오롱등산학교 이용대 교장은 '산악인(山岳人)'이란 일본에서 쓰이던 말로, 일본의 알피니스트를 지칭한다고 설명했다. 결국 산악인의 어원을 파고 들어가면 '알피니즘'과 연관되는 것이다.

이 교장은 그의 저서 《등산상식 사전》에서 알피니즘을 '눈과 얼음이 덮인 고산에서 행하는 알프스 풍의 모험적인 등산'을 뜻한다고 했다. 시대의 흐름에 따라 알피니즘은 다양한 의미로 발전해, 지금은 초기의 높이를 추구하는 의미로 퇴색하고, 어려움을 추구하는 의미가 강조되고 있다고 설명했다. 등정주의보다 등로주의가 현대의 알피니즘이라는 말이다.

이런 의미로 보면 국내 산을 오르는 워킹 산행만으로는 산악인으로 불리기 어렵다는 의미가 된다. 해외 고산의 노멀 루트로 많은 세르파를 써서 고정로프를 깔고 오르는 것이 아닌, 어려운 루트로 고정로프를 깔지 않고 가는 이들이란 답이 나온다. 그러나 현실 세계에서 그렇게 엄밀히 편을 갈라 산악인이라 부르지는 않는다. 꼭 해외 고산등반을 하지 않더라도 알피니즘의 의미를 이해하고 산을 진심으로 좋아하는 사람 정도로 두루뭉술하게 지칭한다.

등산가는 등산객, 등산인보다 깊은 뜻을 담고 있다. 등산인은 좀 더 깊은 뜻을 담고 있는데, 등산을 자주 즐기면서 산에 대한 애정을 가지고 있는 사람이라 할 수 있다. 등산이란 행위에 사람 인(人)을 더했으니 '손님 객(客)'보다 관여도가 더 높다. 등산가는 이 중 가장 수준이 높다. 어떤 행위에 가(家)를 붙이는 건 무술이나, 어떤 분야에 있어 지도자급 고수를 이르는 말이기 때문이다.

이번 산행은 산 초보에서 산꾼으로 거듭나려는 순간이었다. 산을 타는 사람들에 대한 다양한 표현을 알게 되면서 막연히 종주에만 목표를 걸고 죽기 살기로 산을 오르고 내리고 있었던 나의 모습을 되돌아보는 좋은 기회였다. 산에 대한 애정을 가지고 있는 등산인, 손님처럼 왔다 가는 등산객, 등산에 일가를 이룬 등산가. 그중에서는 등산인이 제일 맘에 드는 호칭이었다. 그러나 불러주는 호칭으로 등산인보다 나는 왠지 산꾼이 더 맘에 든다.

[출처] 산악인과 등산객, 백패킹과 야영의 차이 | 작성자 영진 |

- 부항령–삼도봉–밀목재–화주봉–우두령.
- 총 거리 21.8km, 11시간 소요.
- 2007년 3월 4일, 삼도봉 백두대간 종주 아홉 번째 날이다.

황악산

때로는 화를 잠재우는 능력도 필요해

경상북도 김천 우두령에서 시작하여 추풍령에서 마치는 약 22km의 구간이다. 백두대간 종주를 처음부터 함께하고 있는 박민주 씨가 회사 직원을 열두 명이나 참여시켰다. 직원 중 일부는 백두대간 종주 중인 대표를 응원하기 위하여, 또 다른 일부는 본인 자신도 백두대간을 탈 수 있을까 하는 호기심에 합류한 사람들이었다.

오늘로써 열 번째 백두대간 종주 중인 나도 열 번 모두 매번 힘이 들어서 기절했다 일어나고 또 기절했다 일어나기를 반복해야 한 코스를 마치는 중이다. 아무런 준비 과정 없이 이번 코스에 합류하게 된 직원들의 앞날이 깜깜해질 것은 나의 경험상 분명한 사실이다. 깜깜한 새벽, 개인 장비를 점검하고 나서 랜턴을 켠 채 스틱을 부여잡고 터벅터벅 걷는다. 제법 많아진 인원이어서 그런지 조금은 부산스럽고 어수선한 모습으로 다 같이 우두령을 출발했다. 삼성산과 여정봉을 지나 바람재에 도착할 무렵, 누군가 뒤에서 잡고 있던 스틱을 내동댕이치며 외성을 질러댔다.

"씨팔!"
"못 하겠어."
"내려갈래."
"이렇게 힘든 줄 알았나!"

모두 깜짝 놀라서 뒤를 돌아보았다. 아직 어스름하게 날이 채 밝기 전이었다. 화가 난 건지, 힘이 든 건지 얼굴은 뻘겋고 땀은 범벅으로 흘리고 있었다. 지니고 있던 스틱과 배낭을 홱 집어 던지고 이리저리 날뛰는 모습이라니. 영 보고 싶지 않은 상황이었다. 자기 조절이 불가능한 상태. 결국 예상했던 낙오자가 발생되는 순간. 아무런 준비 없이 다짜고짜 따라온 결과였다.

사실 이번 구간은 완만한 오르막과 내리막길로 제법 평탄한 대간 길이다. 굳이 불만이라면 조망권이 없는 숲길을 걷는다는 것이랄까. 물론 아무리 쉬운 구간도 그날의 컨디션에 따라 힘들 수도 있다. 게다가 평상시에 산행을 한 번도 해 보지 않은 사람이라면 더더욱 힘들 수도 있다. 주말에 산에 가자는 대표의 말에 아무런 대책 없이 참석한 것이 화근이 된 거였다.

요즘 같으면 주말에 대표가 산에 가자는 말 자체가 갑질에 속하겠지만, 당시만 해도 건강을 위하여 산에 가자는 대표의 말에 "아니요."라고 말하기는 힘든 분위기였을 터였다.

무엇보다도 산을 오를 때에는 당연히 기초 체력도 필요하다. 그러나 그것보다 더 우위인 것은 힘들고 지쳐버린 자신을 이겨낼 수 있는 힘, 그리고 화를 잠재우는 능력이 절대적으로 먼저 필요하다. 아마도 이번 산행에 직원들을 동참시킨 박민주 씨는

서리 맞은 머리카락이 백발이 될 즈음에는 어떤 모습으로 변해 있을까.

산행 중에 극기 체험을 통하여 남다른 정신훈련을 시켜주고자 했던 것 같다. 그래서였을까? 혼자 가만히 생각해 본다. 아마도 이번 산행에 참석한 대부분의 직원들은 평생 잊지 못할 추억으로 두고두고 다시는 '가지 않으리라' 하면서 이야기할 것 같다.

3월 중순임에도 서리가 내리고 있었다. 새벽이 지나갈 무렵, 서리가 나무와 풀에 내려 눈처럼 된 상고대는 장관이었다. 날은 밝았지만, 해는 아직 떠오르지 않은 채 황악산(1111m)에 도착했다. 정상석 앞에서 단체 사진을 찍었다. 사진 속 내 모습을 바라보니 머리카락에 하얀 서리가 내려앉았다. '괜찮은데.' 미용실에서 하얀색 브리지를 돋보이게 넣은 것처럼 잘 나왔다. 흐흐.

언젠가는 나의 머리카락도 서리 맞은 머리카락처럼 하얗게 될 날이 곧 다가오겠지! 백발이 될 즈음 나의 모습은 어떻게 변해 있을까? 나이 든 모습은 자신이 살아온 날들의 흔적이라던데....

산에 오를 때마다 내가 꼭 준비하는 마음가짐 한 가지가 생겼다. '고마워하는 마음.' 나를 산에 오르도록 허락해 주는 산에 대한 고마운 마음 말이다. 이런 마음으로 나보다 산을 앞세우고 따라가다 보면 어느새 도착지점에 늘 내가 있었다. 대부분 수영장에서 수영을 처음 배울 때도 온몸에 긴장을 풀고 내려놓아야 몸이 물에서 유유히 뜨듯이, 산에서도 자신을 내려놓아야 포기하지 않고 끝까지 여정을 마칠 수 있게 되는 것 같다. 산을 만나러 올 때마다 나는 어쩔 수 없이 내 발걸음과 어쩔 수 없는 나 자신을 산에 내려놓았다.

어느덧 이 생각 저 생각에 젖어 걷다 보니 운수봉을 다섯 시간 만에 도착했다. 우리는 아침 식사를 하기 위하여 옹기종기 모여 앉았다. 처음 산에 오는 사람이 많아서인지 도시락이 다채롭다. 백두대간 산행을 주로 하는 이들은 최대한 짐을 줄이고자 도시락도 최소 단위로 준비하기 때문에 진수성찬을 기대하기는 어렵다. 그러나 오늘은 다르다. 분명코 다르다. 자의가 아닌 억지로 산행에 끌려 왔다는 남자 직원이 보기만 해도 묵직한 배낭을 내려놓는다. "먹는 게 바로 힘이지."하며 족발 세트 일체를 돗자리에 펼친다. 산중에 돼지를 만날 수는 있어도 돼지 족발 세트 메뉴를 만나기는 정말 상상 밖이다. 상추 쌈에 족발과 마늘 그리고

돼지 족발 세트

매운 고추 한 입을 꽝 물어 크게 싸서 입 안 가득 한 번에 밀어 넣는다. 꿀맛! 다음은 흰 쌀밥에 시큼한 파김치를 한 줄기 척 얹어서 크게 한 입. 지금도 입 안에 침이 흥건히 고인다. 억지로 끌려온 남자 직원이 차려준 성대한 아침식사, 너무 감사하다. 박민주 님도 인심이 참 좋은

데, 직원들도 푸근한 인정이 넘쳐 보였다.

모처럼 맛있고 든든하게 배를 채운 우리는 기분 좋게 다시 출발했다. 아침 식사를 하면서 자칭 "나는 여시야!" 하며 여우 같은 캐릭터를 강하게 풍긴 중년 여자분이 운명의 장난인지, 우연의 일치인지 여시골산을 마주하게 되었다. 여시골산을 내려가는 길은 엄청난 경사의 내리막이었다. 여우골에서 여시와의 운명적인 만남에도 불구하고 아니나 다를까, 그녀의 절절매는 모습을 보면서

'같은 부류라고 일절 봐주지는 않는구만!'

'역시 자연은 공평해' 하하하.

가성산을 지나 눌의산에 도착했다 이후부터는 다시 하염없이 내리막길이었다. 이번 코스는 다양한 사람들과 재미있는 소풍 같은 산행이었다.

- 우두령-바람재-황악산-괘방령-가성산-장군봉-눌의산-추풍령.
- 약 22km, 11시간 소요.
- 2007년 3월 17일, 백두대간 종주 열 번째 날이다.

추풍령

이다지도 부드러울까

4월 초순인데 제법 포근한 날이다. 오늘 코스는 충청북도 영동군 추풍령에서 출발하여 큰재까지 여유로운 능선길이다. 약간의 오르막길과 내리막길이 반복되어 산보하듯이 걷기에 아주 편한 산길로만 이어진다. 햇살 좋은 날에 맛있는 도시락 싸들고 소풍 나온 기분이다. 백두대간 종주를 하러 온 산꾼이 소풍 나온 기분이 들다니, 산을 가벼이 보는 것은 전혀 아니다. 조금은 친숙해졌다고 할까! 게다가 추운 겨울산행을 마치고 날씨마저 포근하니 저절로 몸도 마음도 산세에 푹 안겼다고 할까? 그랬다. 푹 안겼다.

돌이 많은 산은 돌산이라 부르고, 흙이 많은 산은 육산이라 부른다. 특히 이번 산행길은 흙이 많은 육산이어서 그런지 도시에서 아스팔트 위를 걷는 기분과는 전혀 다른 흙을 밟는 느낌을 만끽할 수 있었다. 어릴 적 엄마 품에 쏘옥 안기는 기분! 산을 즈려 밟는 포근한 느낌이 맘에 들었다.

오늘은 나도 모르게 막연히 기분 좋은 날이다. 기분 좋은 누군가를 만나러 가는 기분이랄까? 왠지 날씨가 풀리고 산행하기에 편안한 능선 길이여서일까? 어쨌든 이상하리만큼 설레는 기분이 들었다. 매서운 바람이 불고 혹독하게 추웠던 겨울 산행을 이제 막 마치고 난 지라 호젓이 쑤욱쑤욱 밟히는 산길을 걷노라니 혼자라도 전혀 무섭지가 않았다. 아니 혼자이고 싶어졌다. 이제 제법 산길에 익숙해진 덕분인가? 그건 절대 아닌데….

나무들 중에는 벌써 새순이 나온 나무도 있었다. 새끼손톱보다도 작은 새순을 엄지와 약지를 이용하여 살짝 만져보았다. 아기 피부 결처럼 보드라운 첫 느낌, '아! 참 예쁘다!' 자연이 주는 기분 좋음은 얼었던 땅과 마음조차도 무장 해제시키기에 충분했다. 그러는 사이, 드디어 왜 내가 가슴이 설레고 기분이 좋았는지를 알게 되는 순간이 벌어졌다.

갑자기 짠! 어여쁜 진달래꽃 한 송이가 나를 화악 휘어잡아

끌어서 자기 앞에 붙들어 세워 놓았다. 나는 순간 꼼짝할 수가 없었다. 힘이라고는 전혀 느껴지지 않는 조그마한 숨결에라도 흔들릴 것 같은 여리여리한 분홍빛 진달래였다. 이다지도 부드러우면서 강함이라고는 전혀 없는 순수하고 순박한 자태로, 이 세상 어디에도 없는 가장 강력한 힘을 발휘하여 나를 멈추게 만든 순간이었

길 끝 어딘가에 나를 기다리는 누군가 있을 듯

다. 내 평생 이런 기분은 처음 느껴보았다. 여태껏 내 평상 만나왔던 어떤 사람보다도 강력한 만남이었다.

부드러움으로 가장 강력한 메시지를 전달하는 진달래꽃! 그 진달래꽃을 만난 감동!! 잊을 수 없는 자연의 신비함. 나는 오늘 왠지 혼자 걷고 싶었고, 설레는 기분이 왜 들었었는지 이제야 깨닫게 되었다. 진달래꽃이 나를 부르는 소리를 나의 영혼이 미리 알아채고 나의 몸을 이끌었던 모양이다.

가슴 벅찬 진한 감동으로 험난한 산길을 걸어야 한다는 강박감은 저 멀리 떨쳐 버리고 한동안 진달래꽃과의 소중한 만남을 가졌다. 지금 이 순간도 그때의 콩콩거림을 잊지 못하고 있다. 이 느낌을 아마도 김소월 시인은 '나 보기가 역겨워 가실 때에는 당신 가시는 그 길에 진달래꽃 자신을 한 아름 따다 뿌린다는 것 아닌가?' 어찌 이 아름답고 여리여리한 진달래꽃을 즈려 밟고 갈 수 있겠느냔 말이다. 절대 그럴 수는 없는 것이다.

진달래꽃

김소월

나 보기가 역겨워
가실 때에는
말없이 고이 보내 드리우리다.

영변에 약산
진달래꽃
아름 따다 가실 길에
뿌리우리다.

진달래

가시는 걸음걸음

놓인 그 꽃을

사뿐히 즈려 밟고 가시옵소서

나 보기가 역겨워

가실 때에는

죽어도 아니 눈물 흘리우리다.

　진달래와의 감동적인 만남을 뒤로한 채 가슴 가득 진달래꽃
으로 채워서 어느덧 6시간 만에 국수봉까지 다다랐다. 포근한
날씨와 조금은 편안한 산길 덕분인지 일행들은 좀 더 여유로워
보였다. 그런데 앞서가던 윤용호 씨의 걸음걸이가 영 이상해 보
였다. 덩치도 크고 산행 경험도 많아서인지 워낙 다른 사람들도
잘 챙겨 주고, 후미에서 힘들어하는 사람들에게 힘이 되어 주
던 사람이었다. 아마도 산행 중에 발목이 접질린 상태에서 무리
하게 쉬지 않고 걸었던 모양이다. 오늘 산행길은 완전 최상급인
데, 발목이 최하급이 된 셈이다.

　나는 구당 김남수 님에게 침술을 배우는 중이어서 침통을
늘 지니고 다녔다. 자연스럽게 침을 놓을 수 있는 임상 대상자
가 눈앞에 나타났으니, 당연히 의술을 베풀어야 하지 않겠는

국수봉에서 바라본 산과 마을

가? 산행하면서 여러모로 도움을 많이 받았던 터라, 드디어 신세 갚을 절호의 기회가 생겨서 오히려 내게는 좋은 시간이었다. 발목에 침을 몇 군데 놓았다. 침술 효과를 위하여 20여 분은 기다려야 하므로 뜻하지 않은 휴식은 덤이었다. 물론 침술 효과는 만점이었다.(하하) 우리 일행은 천천히 더 천천히 그 사람의 보폭에 맞추어 무리하지 않고 8시간 만에 큰재에 함께 도착했다.

하산 후 내 어깨는 저절로 올라갔고, 가슴이 확 펴짐을 주변에서도 알고 있는 것 같았다.(으쓱) 누군가에게 무언가를 줄 수 있다는 것은 자신이 제일 행복한 순간이다. 오늘 산행은 미소 가득한 여유롭고 행복한 산길이었다. 나의 몸과 발걸음을 쏘옥 쏘옥 받아 주는 엄마 같은 산과 나에게 만남의 강력한 감동을 준 진달래꽃, 그리고 누군가를 돌봐줄 수 있었던 행복감, 이 모든 것은 치유의 산행길이었다.

· 2007년 4월 7일, 추풍령에서 시작하여 묘함산, 작점고개, 국수봉, 큰재를 넘었다.

· 19.67km, 8시간 걸렸고, 백두대간 종주 열한 번째 날이다.

백학산

자식들이 오는 날은 꽃단장하는 날

4월 21일, 경상북도 상주시 큰재에서 출발하여 7시간 만에 기지재에 도착했다. 제법 날이 풀린 탓인지 땀도 많이 흘리고 유난히 갈증이 심했다. 마침내 준비한 생수가 모두 떨어졌다. 충분히 물을 준비했는데도 역부족이었다. 함께 산행하는 이들에게 조금씩 생수를 공급받아 간신히 갈증을 면하긴 했는데, 이제는 도저히 물 없이는 더 나아가기가 힘들 지경이었다. 앞으로 남은 2시간 거리의 신의터재까지 가려면 물이 무조건 더 필요한 상황이었다. 함께 걷는 일행도 모두 물이 진작에 바닥이 난 상태였다.

결국 나는 어쩔 수 없이 물을 구하기 위하여 대간길이 아닌 민가를 찾아서 한참을 돌았다. 천신만고 끝에 다행히 집 한 채를 발견했다. 너무나 반가워서 뭐라 할 것 없이 쏜살같이 마당으로 뛰어 들어갔다. 산중에 있는 이 집은 이상하리만큼 정갈하고 깨끗하게 마당까지 잘 쓸려져 있었다. 무슨 영화라도 찍으려고 만들어 놓은 세트장 같았다.

"계세요?"
"목이 말라서요, 물 좀 주실 수 있으세요?"

안에서 방문이 삐이익 빼꼼 열렸다. 머리카락이 온통 하얀 할아버지께서 손짓으로 부엌을 가리키며 들어오라고 하셨다. 냉큼 한걸음에 부엌으로 들어갔다. 산골에 흙으로 만든 부엌은 민속박물관에서나 봤지, 실제 생활을 하고 사는 모습을 직관해 본 것은 처음이었다. 역시나 가마솥을 포함하여 살림살이도 정갈했다. 방 안에 계시던 할머니께서 부엌으로 난 조그마한 문을 살짝 열고 환하게 웃으며 나오셨다. 바가지에 물 한 대접을 떠 주시면서 '천천히 드셔.' 하셨다. 다급하게 물을 벌컥벌컥 마시고 나니 살 것 같았다.

한숨을 크게 돌리고 물통에 물까지 가득 채우고 나니 세상

부러울 게 없었다. 물을 마음껏 마시고 나니 눈도 번쩍 떠지고 갈증과 산행으로 피곤했던 몸이 제자리로 돌아왔다.

"백두대간 종주 중입니다. 산행하다 보니 물이 다 떨어져서요. 그래서 여기까지 오게 되었습니다."라고 말씀을 드리자 "잘했어, 잘 왔어요!" 두 분은 오히려 갑작스레 나타난 이방인을 반가워하시며 흐뭇하게 미소까지 짓고 계셨다.

그제야 비로소 산중에 범상치 않은 할아버지의 모습이 눈에 들어왔다. 방금 이발하고 오신 모양이었다. 이 산중에 머리를 산뜻하게 깎으시고, 얼굴도 방금 면도를 하셨는지 광채가 났다. '어머나!' 그러고 보니 할머니의 모습도 이색적이었다. 물론 도시에서 만났으면 너무나 당연한 모습일 수도 있다. 백발의 긴 머리를 한쪽으로 꽁 묶으셨고, 하얀 진주 목걸이를 목에 걸고 계셨다. 나는 호기심과 궁금증이 발동되어 요즘 이 마을 패션은 이렇게 깔끔하게 하얀 진주 목걸이로 포인트를 주는 게 유행이냐고 두 분께 여쭤보았다.

"오늘은 자식들이 오는 날이여. 그래서 꽃단장을 했지."~(허허허) (호호호)

할아버지께서 "우리는 항상 자식들이 오는 날이면 이렇게

할아버지와 할머니의 환하게 웃는 모습이 이처럼 아름다울 수가

치장을 하지." 하셨다. 그 말씀에 옆에 계신 할머니는 빙긋이 웃음을 지으셨다. 두 분은 아마도 하루 종일, 아니 언제인지는 모르지만 자식들이 온다는 소식을 들은 날부터 안팎으로 정갈하게 해 놓으신 것 같다. 마당에는 낙엽 한 잎 떨어진 흔적조차 없이 말끔하게 치워놓고 계셨다. 자식과 손주가 도착하면 영화 세트장 같은 깔끔하고 정갈한 이 분위기는 순식간에 왁자지껄 소동이 일어나겠지.

나는 부모님이 최근 몇 년 사이에 모두 돌아가셨다. 아버지는 10년간 후두암과 노환으로 투병하시다가 돌아가셨다. 아버지는 돌아가시면서 어머니에게 유언처럼 하신 말씀이 있었다. '3년만 살다 와.' 그런데 아버지가 돌아가신 후 어머니는 진짜 아버지 말씀처럼 딱 3년 사시다 아버지가 계신 곳으로 가셨다.

나는 부모님이 당연히 천년만년 사실 줄 알았다. 그러나 현실은 그렇지 않았다. 아버지가 '한 30년만 살다 오시오.' 하셨으면 좋았을걸. 그러면 아버지와 함께하지 못했던 아쉬움 모두 더해서 엄마랑 좋은 추억도 많이 만들어서 보내드렸을 텐데.

부모가 자식을 위하여 이다지도 예쁘게 단장하고 기다려 준다는 것을 나는 상상만 해도 가슴이 애절하고 사무친다. 백두대간을 타면서 이런 감정을 가지게 될 줄이야. 아버지가 투병 중이셔서 나는 부모님과 함께하는 여행을 단 한 번도 해보지 못했다. 게다가 함께 찍은 사진도 한 장 없다. 물론 어렸을 때는 어린이대공원이나 남산공원 등에도 데려가 주시고, 휴가철에는 유원지에서 물놀이도 시켜주셨다. 하지만 내가 성인이 되어서 주도적으로 부모님을 모시고 여행해 본 경험이 없다는 것이 아직까지도, 아니 세월이 지날수록 점점 더 섭섭하고 허전하기만 하다.

물론 내가 결혼할 때부터 시작된 아버지의 암 투병, 그리고 자식 낳고 사느라 온갖 핑계를 대면서 함께 나눌 추억을 만들지 못했다. 자식들은 지독한 이기주의자다. 나도 생각해보니 철

저한 이기주의자였다. 지금은 주위 사람들에게 부모님과의 여행은 필수라고 조언한다. 그리고 추억의 사진을 남기는 일은 당연히 해야 할 일이라고 하면서 말이다. 하지만 그 말조차도 헛헛하기만 하다.

흔들리는 나뭇가지를 보면서 '풍수지탄(風樹之歎)'이란 사자성어가 생각난다. '나무는 흔들리지 않으려고 하나 바람은 멈추지 않고, 자식은 봉양하려고 했으나 부모님은 기다려 주지 않는다.'라며 한탄한다는 '풍수지탄', 꼭 나의 처지이다.

아쉬운 마음에 두 분의 모습이 너무나 아름다워 사진을 찍고 싶다고 했더니, 할아버지와 할머니께서 흔쾌히 환하게 웃으시며 멋진 포즈를 잡아 주셨다. 산행이 끝나고 돌아가면 사진을 인화해서 꼭 보내 드리겠다고 약속을 했고, 사진을 보내드렸다. 두 분의 모습을 지금도 가끔 들여다본다. 그러면 나는 또

봄을 맞이하면서 나무들은 어느덧 푸르러지고.

두 분의 모습을 따라서 빙긋이 웃는다. 나를 향해 웃고 계신 것 같아서다. 착각일까? 조금은 아쉬운 점도 있다. 기왕이면 엄마와 아버지를 생각하면서 그분들과 함께 사진이라도 함께 찍어 둘 걸....

- 2017년 4월 21일, 큰재에서 출발하여 화룡재-백학산-개머리재-기지재-신의터재.

- 총 거리 24.47km, 9시간 소요.

- 백두대간 종주 열두 번째 날이다.

봉황산

가도 가도 끝이 없는 나그네길

이제는 제법 종주 일행들이 슬슬 농담도 걸기 시작한다. 5월 중순도 지났고, 해도 예전보다 일찍 뜨고, 이제는 어두운 데서 대충 아침 끼니를 때웠던 겨울 산행이 아니었다. 삼각점에 도착하자 각자 배낭에서 정성껏 준비해 온 도시락들을 내놓았다. 준비해온 돗자리를 펼치기도 하고, 다른 한편에서는 운 좋게 만난 정자에서 준비해 온 도시락을 펼쳤다.

숯불로 구어 온 고기, 고추장과 다양한 쌈 채소, 파김치, 배추겉절이, 산나물, 잡곡밥, 흰쌀밥, 소시지, 김 등으로 아침 식사를 성대하게 먹기 시작했다. 누구랄 것도 없이 자기 도시락보다는 상대편 도시락으로 젓가락들이 바쁘게 움직인다. 이만큼 편해지기까지 열세 번의 만남이 있었다. 어지간히 무뚝뚝한 사람들이다.

어느 순간 누구랄 것도 없이 얼굴에 선크림을 바르기 시작했다. 다들 중국 영화에 나오는 강시를 연상시켰다. 서로 얼굴을 바라보면서 쓰윽 쓴웃음 한 번 날려 준다. 그런 모습을 보면서 나도 씨익 웃는다.

오늘 산행 거리는 23.26km, 대략 11시간 정도가 소요된다. 그동안 겨울 산행에 비하면 훨씬 수월할 것 같다. 눈이 휘날리거나 매서운 바람이 불지도 않았고, 비도 내리지 않았다. 이 얼마나 좋은가! 오히려 5월 중순의 따스한 봄날에 우리는 산보를 나온 기분이었다. 그러나 산보를 즐기는 기분은 잠시일 뿐, 높낮이가 평이해서인지 그 산이 그 산 같고 오히려 지루하기만 했다. 덕분에 나의 주특기인 눈 감고 걷기가 날이 밝아 대낮이 되었는데도 계속되었다.

씨익 웃는다.

일행 중에 김경훈 님이 눈 감고 걷는 나의 모습을 찰칵

무엇이 불편해서 이리저리 휘어 자랐을까.

찍었다. 나도 내가 눈을 감고, 심지어 졸면서 걷고 있는 모습이 어떤지 몰랐다. 사실 궁금한 적도 없었다. 모습을 보면 알게 되겠지만, 내가 나의 모습을 궁금해할 상황이 아니었다. 너무도 지쳐서 내가 산을 걷고 있는 건지? 누군가 나에게 길 안내를 하면서 데리고 가는 것인지? 나도 모르는 상황이었다.

남이 보는 나의 모습, 그 모습을 사진으로 보니 '와~~' 사진 속의 나의 모습, 완전 무아지경이다. '물아일체!' 완전 자연에 흠뻑 취한 모습이랄까! 아님 절대지존인 대자연 앞에 모든 것을 내려놓은 걸까? 아니 사실 나는 모든 것을 내려놓았다. 나는 항상 대자연 앞에 항복! 했었다. 대자연 앞에 두 손 들고 항복한 그 모습이 산을 오르내리는 나의 자세였다.

'항복!!!'

'언제나 승리의 여신인 산이시여', 나를 이끌어 주시라, 백두대간 종주 도착지까지....

나에게 잊지 못할 기념사진을 찍어 준 김경훈 님은 본인이 왜 '우는 아이'인지를 이렇게 소개했다.

"나는 태어나면서부터 '아아앙~' 하고 울었다. 그리고 배고프면 울었고, 똥을 싸고 나면 묵직하니 차가워져 가는 이물감이 불편해서 울었고, 오줌을 싸고 나면 축축한 느낌이 싫어서 또 울었다. 그렇게 울고 나면 모든 것들은 부모님이 깔끔히 해결해 주셨다. 다 자라서는 나의 모든 편치 않았던 것들을 해결해 주시던 어머니가 돌아가셔서 울었다. 이후엔 아버지가 돌아가셔서 울었다. 그렇게 울고 다녔던 우는 아이는 지금은 부모님이 보고 싶어서 운다. 그래서 나는 평생 '우는 아이'이다."

김경훈 님의 자기소개를 들은 우리 모두는 가슴이 먹먹해졌다. 그래서 나도 지금까지 부모님 생각만 하면 울고 있었구나....

오늘은 장거리(23.26km) 코스로 11시간 정도를 걸어 내야 한
다. 가도 가도 끝이 없는 산행길. 9시간 정도 걸었을까? 지루하
다 못해 지쳐 버린 우리 일행이 산모퉁이에 이르자 김경훈 님이
노래를 부르기 시작했다.

"가도 가도 끝이 없는 외로운 이 나그네길."

우리는 누구랄 것도 없이 다 같이 노래를 따라 불렀다. 지치
면 지칠수록 더 불렀다. 오늘의 종착역인 갈령 삼거리가 나올

무아지경

때까지 "가도 가도 끝이 없는 외로운 이 나그네길"을 계속해서
불렀다.

우연히 김경훈 님을 따라 부르게 된 〈이별의 종착역〉 가사
는 백두대간을 타는 우리의 모습과 너무나 닮았다. 한 구간 한
구간 산을 오를 때마다 도착지를 향하여 출발하는 모습과 산행
종주 구간 안에서의 고달픈 고뇌를 이 노래가사를 통해 우리
모두는 심취했다. 지금은 이 글을 쓰면서 "가도 가도 끝이 없
는" 노래를 들으며 따라 부르고 있다. 유난히도 지루했던 구간
을 회상하면서 함께 노래 불렀던 추억도 떠올리면서 말이다.

- 2007년 5월 19일, 경상북도 상주시 신의터재에서 출발하여 삼각
  점-화령재-봉황산-비재-갈령삼거리를 통과하였다.

- 총 거리 23.26km, 11시간 소요되었다.

- 백두대간 종주 열세 번째 날이다.

속리산

나와의 약속

"백두대간 속리산 코스 가즈아~"

독수리 산악회를 만나게 된 인연은 처음 산행을 시작한 소요산에서다.

어느 날 성희 동생이 "소요산에 갈래요?"라는 말 한마디에 무작정 산을 올랐다. 때론 운명적인 사건은 아무런 장애 없이 일사천리로 진행되기도 한다. 나는 정말 아무런 군말 없이 승낙했다. 어쩌면 나는 그동안 산을 오르고 싶었는지도 모른다.

문장대에서

'높은 산에 올라가면 막힌 가슴이 뻥 뚫어지지 않을까?'

무더운 여름 주말 산 초보 티를 팍팍 내며 평상복 차림에
등산화만 신고 소요산 입구에 도착했다. 독수리산악회원들은
인사말을 남기고 삼삼오오 서둘러 산을 향해 올라가기 시작했
다. 아무런 준비 없이 나선 첫 산행은 당연히 절대 호락호락하
지 않았다. 땀방울은 물론 심지어 진땀까지 포함하여 줄줄 흘
러내렸고, 면 티셔츠는 민망하리만치 땀으로 짝 달라붙었다. 단

한 번도 경험해 보지 않은 다리의 얼얼함에 더해서 천근만근 내 다리가 이렇게 무겁게 느껴지기는 난생처음이었다. 물은 마셔도 마셔도 갈증이 났다.

'에고고고... 이건 아닌데.'

"산림청에 근무하니 산은 잘 타겠네요"라는 격려 아닌 격려가 이어졌다. 나는 마음속으로 '아닙니다. 절대 아닙니다. 이런 지독한 산행은 난생처음입니다.'를 중얼거리며 5시간 소요되는 첫 산행을 온갖 힘을 다해 천신만고 끝에 마칠 수 있었다.

출산의 통증을 산통(産痛)이라고 하는데, 소요산에서 겪은 체험으로 새로운 종류의 산통(山痛)을 겪게 될 줄이야. 산통은 어쨌든 죽기 직전 고통이나 다름없다. 다음 날 아침 일어나보니 온몸이 욱신욱신 너무너무 따가웠다. 한 번도 사용해 본 적 없었던 근육이 잔뜩 화가 난 것이다. 그날 이후 일주일 동안은 걷기조차 어려웠고, 온몸은 막대기로 잔뜩 두들겨 맞은 것 같았다. '내가 그동안 잘못한 게 많았나? 산만 탔을 뿐인데!'

첫 산행 후 심하게 앓았는데도 무엇에 이끌리듯 주말마다

한 번, 두 번, 세 번 계속해서 산을 더 올랐다. 높은 산을 오르면서 가슴속 응어리들이 조금씩 풀렸다. '아닌가? 너무 힘들어서 모든 걸 잊어버리게 된 것일까?' 그러나 무엇보다도 다정한 산악회 회원들 덕분에 점점 산은 내게 가까워졌다.

그러던 어느 날 나는 '백두대간 종주'를 시작하겠다고 선언했다. '내 인생! 새로운 도전' 백두대간 종주를 완주하리라 나와 약속했다. 내 삶에 품위 있고 절도 있는 힘찬 호랑이 모습으로 벌떡 일어서고 싶은 마음이 생겨났기 때문이다. 나는 호랑이 등 모양을 갖춘 우리나라 등줄기 백두대간이라는 산야를 한 걸음 한 걸음 내 걸음으로 걸어보기로 작정했다. 나는 이렇게 '백두대간 종주 대장정'을 나의 인생으로 불렀다. 소요산은 나를 불렀고, 나는 백두대간 종주를 내 인생으로 불러들인 셈이다.

독수리산악회가 없었다면 아마 꿈도 꾸지 못했을 백두대간 종주다. 나를 새로운 인간형으로 성숙하도록 이끌어 준 고마운 분들이다. 이번 구간에는 특별히 백두대간 완주 응원을 위해서 산악회원들이 모두 모였다. "이번 코스는 우리랑 갑시다."

법주사에서 출발하였다. 전날 내린 눈이 제법 쌓여 있었고,

문장대 정상

산행 길가로 드문드문 얼어 있었다. 바위와 돌들이 많은데다
사뭇 살얼음이 살짝 깔려 있어서 미끄러질까 봐 다리에 절로
힘이 갔다.

　속리산은 세조와 인연이 깊은 곳이다. 목욕소(沐浴沼)는 세조
가 피부병을 치료하기 위해 홀로 목욕했던 장소이다. 지금도 이
렇게 물이 맑은 걸 보니 600년 전쯤에야 말해 뭐할까 싶다. 어
느덧 문장대(1054m)에 도착했다. 정상에는 안개가 자욱하여 멋
진 자연경관은 볼 수 없었다. 대신 안개 덕분인지 가시거리에

기이한 바위마다 표현할 수 없는 신비로운 기운이 맴돌았다. 산신령이 커다란 지팡이를 들고 금방이라도 나타날 것 같았다.

문장대를 지나 신선대(1025m)에 도착했다. 신선대에는 전설이 있다. 한 고승이 청법대에서 불경 외는 소리를 듣고 있었다. 건너편 산봉우리 바위에서 신선들이 앉아 놀고 있는 것을 보고 가보았더니 아무도 없어 다시 돌아와서 보니 여전히 십여 명의 신선들이 담소를 나누고 있었다고 한다. 그 후 이곳을 신선들이 놀던 곳이라 하여 신선대라 불리게 되었다고 한다. 신선은 전설 속에 사는 인물인가 싶은데, 속리산에 오르니 신선은 이런 곳에서 살고 있을 것 같기도 하다.

비로봉(1032m)과 천왕봉(1057.7m)을 오른 후 법주사로 하산했다. 날씨가 청명하고 햇살이 참 좋았다. 전날 내린 눈은 어느새 모두 봄 눈 녹듯 다 녹아버렸다. 산악회 회원들의 따뜻한 마음이 등을 밀어주었는지 결코 쉬운 구간이 아니었는데도 즐거운 소풍 같은 기분으로 다녀올 수 있었다. 독수리산악회의 열렬한 응원이 눈마저 다 녹여버렸나 보다.

- 2007년 2월 25일, 백두대간 종주 열 네번째 코스이다.

- *법주사–문장대(1033m)–신선대–비로봉(1032m)–천왕봉(1057.7m)–법주사.

- 총 거리 약 18km, 8시간 소요.

※ 속리산 구간 : 갈령삼거리-형제봉-피앗재(1)-천왕봉-비로봉-문장대(2)-밤티재-눌재(3)
   (1) 갈령삼거리-형제봉-피앗재는 13구간에서 완주
   (2) 문장대-비로봉-천왕봉은 이번 구간(14구간)
   (3) 밤티재-눌재는 출입금지 구역이었다.

청화산

사람의 밑바닥이 드러나는 순간

코로나19로 인하여 야외활동이 자유롭지 못하다 보니 몸무게가 고공 행진 중이다. 늘어나는 몸무게가 드디어 말을 걸어왔다. "못 견디겠어요. 너무 무거워요." 더 이상 핑계를 댈 수 없어 축 늘어진 몸을 데리고 공원으로 나와 운동을 했다. 사람들은 빠른 걸음으로 걷거나 달리거나 하면서 체력관리를 하고 있다. 덩달아 빠르게 걸으려니 호흡이 가쁘다. 어쩌다 이렇게까지 체력이 바닥을 치게 되었을까? 운동한 결과는 저축이 없다고 하더니 오랫동안 산을 다니고 요가를 꾸준히 해 왔었는데도 몇 년간 전혀 외부활동을 하지 않은 결과, 그동안 운동을 해서 모

대야산에 세찬 바람을 맞으며

아놓은 만기 적금 통장은 모두 깡통 통장이 되어버렸다.

　이대로는 안 되겠다 싶어 내친김에 공원을 지나 아무런 준비 없이 오랜만에 불암산까지 오르게 되었다. 땀은 줄줄 흘러내리고, 물 한 병 준비 없이 올랐더니 갈증으로 목이 탄다. 아~ 저절로 백두대간 종주를 하면서 힘들었던 순간들이 휙휙 떠오른다. 전에는 이보다 더 힘들었었는데 하며 옛 생각에 잠겼다.

　그날의 코스는 충북 괴산군에서 경북 문경 상주에 걸쳐 있

여름 숲 속으로

었다. 버리미기재를 시작으로 지리산 방향인 남진으로 진행되
었다. 여름의 시작을 알리는 듯 바람도 제법 불어 댔지만, 역시
무더운 여름날이었다. 드디어 오늘의 하이라이트, 악산 중의 악
산인 대야산 코스가 눈앞에 펼쳐졌다. 그동안 여러 가지 유형의
오르내림이 있었지만, 오늘 만난 깎아 지르는 듯한 직벽은 처음
으로 접해보는 난코스다.

맨손과 두 발을 이용하여 올라가야 하므로 일단 긴 스틱을 접어 배낭에 찔러 넣었다. 그나마 다행인 것은 밧줄이 걸쳐 있었다는 것이다. 비록 짧은 코스이긴 하지만 90도 암벽을 줄을 잡고 힘겨운 팔과 떨리는 발로 순간순간 고소공포증까지 이겨 내며 올라가야 한다. 암벽타기를 해본 적도 없는데 실전이 바로 앞에 놓인 셈이다.

오르지도 못하고 직벽만 바라보며 여러 가지 생각만 맴돈다. 생전 처음 보는 암벽 앞에서 넘지 못할 것 같은 직벽을 바라보며 떨면서 나 자신에게 묻고 있었다.

'아 ~ 누가 여기를 오자고 했나?'

살다 보면 누구나 겁을 내고 두려워하는 것은 있기 마련이다. 세상일에는 두 가지 종류가 있다. 하고 싶은 것과 하기 싫은 것, 그리고 할 수 있는 것과 할 수 없는 것. 나는 지금 하고 싶은 것으로 산을 올랐고, 할 수 없는 직벽에 도전하는 중이었다. 나의 깊은 곳에서 '여기까지 와서 무엇을 망설이고 있지?' 용기를 내라며 말을 건넨다.

'어서 올라, 할 수 있어. 지금이 최고의 기회야.'

나는 "할 수 있다."를 큰 소리로 외쳤다. 그런 다음 단단히 로프를 잡아채고 몸을 스스로 끌어 올리며 덜덜 떨리는 발을 바위에 안정적으로 안착시켰다. 깎아 지르는 직벽을 한 발 한 발 올랐고, 마지막을 넘어섰다. 드디어 대야산에 올랐다. 정상에는 환영 인사로 세차게 바람이 불어주었다. 할 수 없다고 실망하고 있는 나에게 주어진 최고의 기회를 잡은 순간이었다. 어느새 바람에 날아갈까 봐 커다란 바위에 나의 몸을 비스듬히 누이며 사진도 한 장 찍었다. 드디어 해냈다. 살아오면서 늘 자신에게 실망하고 어쩔 줄 몰라 하던 그 시절, 산은 나에게 해낼 수 있다는 가르침을 몸으로 체험하게 하는 스승이 되어 주었다.

푸른 신록 속으로 빠져 들면서 다시 생각에 잠긴다. 왜 나는 이렇게 나약한 존재가 되었을까? 왜 나는 순순히 물러났을까? 고집을 피우고 이러면 안 된다고 소리를 지르며 주장해야 했었나? 일상생활이 무너지고 사는 게 사는 것 같지 않았다. 어떻게 살아가야 할지도 몰랐다. 그냥 마지못해 살아내고 있었다. 그런 나에게 산은 다양한 형태로 다가와 때론 세차고 강한 모습으로 때론 솜털같이 부드러운 모습으로 가르침을 주고 있었다. 옛 생각을 멈추니 어느덧 고모샘이다. 물을 보충하고 조항산을 지나 청화산 가는 길 내내 암릉대가 이어졌다. 앞으로의 삶도 이와 같을까? 목이 말라 물 한 모금 마셔본다.

- 2007년 6월 16일, 청화산 종주 코스 열 다섯 번째 코스이다.

- 눌재-청화산-조항산-고래바위-대야산-버리미기재.

- 17.49km, 10시간 소요.

- 충북 괴산군에서 경북 문경 상주에 걸쳐져 있으며, 남진 방향으로 산행했다.

16.

희양산

7777777 도원결의

선바위

경북 문경시 가은읍 왕릉리 버리미기재에서부터 백두산을 향한 북진을 하면서 시작했다. 한 시간 만에 장성봉에 가볍게 도착했다. 이어서 악휘봉 못미처 멋지게 생긴 선바위 앞에 우리 모두는 손에 손을 얹고 2007년 7월 7일 7시 7분 7초에 '7777777 도원결의'를 했다. "무탈하게! 즐겁게! 사랑하면서 진부령을 넘어 백두산까지 가자." 아마도 우리가 살아있는 동안에 행운의 숫자인 '7'이 다섯 번이나 중복되는 시각은 이 시각뿐일 것이다. 우리 모두에게 행운의 여신이 함께하길 빌었다. 선바위 모습과 소나무 그리고 짙은 안개는 절묘한 조화를 이루고 있었다. 우리의 결의에 신비로움까지 더해져서 선바위 앞 도원결의는 두고두고 기억날 듯하다.

이번 구간은 지난번 청화산 구간보다 비교적 험하지는 않지만, 역시나 난코스가 산재해 있었다. 유난히 밧줄 타기가 많았고, 너널지대를 지나 희양산 능선 갈림길 직전 약 100m 정도의 수직 밧줄 구간은 긴장의 끈을 놓는 순간 큰 사고가 이어질 수도 있는 구간이었다.

드디어 희양산 암벽이 코앞에 놓여 있다. 바위와 나무와 밧줄을 천천히 하나씩 잡아가면서 오르기 시작했다.

"조심해!" "거기 바로 거기." "바위에 발을 딛고 밧줄을 잡

7777777 도원결의

아." "그쪽 방향은 위험해!"

그런데 마지막 3미터를 남겨 놓고 위에서 갑자기 "픽"하는 소리가 들렸다. 평상시 씩씩하게 다른 사람을 배려하면서 산을 잘 타는 김 총무가 바위에 얼굴을 부딪쳤다. 마지막 구간을 힘차게 오르다 미쳐 발이 땅에 닿지 않은 것이다. 어처구니없이 꼭대기에 매달려 대롱대롱하면서 얼굴을 바위에 심하게 다쳤다. 다 올랐다고 생각했는데, 끝까지 오르지 못한 결과였다. 나는 바로 밑에서 저절로 얼음이 되었다. 그렇지 않아도 잔뜩 초긴장하고 오르는 중이었다. 마지막 도착지까지 그 어떠한 것도 방심은 곧바로 사고로 이어지기 마련이다.

인생을 살다 보면 늘 다 되었다 생각되었을 때 사고가 발생하는 일이 종종 벌어진다. 나의 경우를 돌이켜 보면, 대학원에서 졸업논문 마지막 심사결과가 통과한 날이었다. 기분이 날아갈 것 같았다. 이제 끝이다. 그런데 다음 날 아침 출근길에 현관문을 열다가 앞으로 넘어지면서 어처구니없게도 손가락에 금이 갔다. 결국 그해 여름 내내 깁스를 하고 다녔다. 그나마 다행이었다. 만약 그 전에 다쳤더라면 아마도 졸업시기가 한참 늦어졌겠지!

암벽 줄타기

오늘은 '7777777 도원결의' 하면서 "무탈하고 즐겁게 그리고 사랑하면서"를 처음 외친 날이었다. 새벽녘 선바위 앞에서 "무탈하게"가 순식간에 무색해져 버린 도원결의였다. 그러나 다행히 그는 얼굴에 타박상은 입었지만, 큰 후유증은 남지 않게 되었다. 그 정도면 무탈한 거지. 그래 우리 모두가 구호를 잘 외쳤기 때문에 무탈하게 된 거다. 행운의 여신은 우리 편이었다.

이번 구간에는 유별난 소나무가 특히 많았다. 먼저 커다란 바위틈에서 어떻게 자랐을까 의심스러운 왕고집쟁이 같이 생긴 우람한 소나무, 그리고 뻗은 가지가 일품이어서 지나가는 나그네에게 기꺼이 한 팔을 내어

밧줄 또 밧줄

나무와 하나 되기

주는 쉼터 같은 소나무. 마지막으로 암벽 사이로 살기 위해 몸
부림치며 뻗어가는 뿌리를 가진 소나무가 가장 인상적이었다.
그냥 이 세상을 단순히 쉽게 살아가고 있는 모습 같아 보이지
않았다. 죽기 살기로 한순간 한순간 최선을 다하는 모습이었다.

　나뭇가지 하나 기꺼이 툭 내어주는 훈훈한 나무의 마음에
기대어 잠시 시원한 바람을 맞아본다. 그리고 지나온 길을 더듬
어 본다. 나무들이 나에게 여러 번 내밀어 준 따뜻한 손짓들이
있었다. 왕고집쟁이처럼 생긴 소나무는 은근슬쩍 자기 몸을 붙

들고 넘어가도록 내어 주기도 했었고, 악착같이 바위에 붙어 있는 소나무 뿌리는 마지막 안간힘을 쓰면서도 산을 오르는 나에게조차 슬쩍 손을 내밀어 주었다. 뒤돌아보니 나는 누군가에게 기꺼이

바위틈에 끼여서도 잘 자라고 있는 소나무

손을 내밀어 준 적이 있었나 하는 부끄러운 마음에 나 자신이 지독히도 초라해짐을 감출 수가 없다.

오늘은 모처럼 은티마을에 있는 주막에 들렀다. 먹음직한 토종닭과 함께 얼굴에 난 상처도 소독할 겸 소주와 막걸리로 위로 아닌 위로를 해 주었다. 한편에서는 밧줄을 타면서 아팠던 어깨도 서로 주물러 주면서 정겨운 미소와 함께 "무탈하게! 즐겁게! 사랑하면서 백두산까지"를 다시 외쳤다.

- 2007년 7월 7일, 백두대간 열 여섯 번째 코스이다.

- 버리미기재-장성봉-악휘봉-은티재-구왕봉-희양산.

- 총 거리 18.79km, 10시간 소요.

백화산

숨겨진 보물

산행 전날 아침 욕실에서 미끄러져 발가락을 삐었다. 그동안 수많은 산행 중에도 미끄러진 적은 단 한 번도 없었는데 예상치 못한 집 안에서 미끄러지다니, 숨은 복병이라는 것이 이런 것인가? 살다 보면 예기치 못한 일들이 삶 속에 훅 들어와서 가끔 곤혹스러울 때가 있다. 삔 발가락으로 장시간 산행을 해야만 하는데, 괜스레 긁어 부스럼처럼 될까 봐 이번 산행은 포기할지 말지 한참을 망설였다.

그러나 산행시간이 다가오자 조금의 망설임도 없이 배낭을 챙기고 있는 나 자신을 발견했다. 이성은 '가면 안 된다.'라고 말

깊은 산속 작은 연못

하고 있었지만, 감성은 배낭을 챙기고 이미 갈 준비를 하고 있었다. 경험상 머리로 하는 말보다 가슴으로 전해 오는 말이 훨씬 진실일 때가 많다.

이래서 안 되고 저래서 안 되면 가능한 것이라고는 1도 없다. 살다 보면 숨은 복병이 오늘같이 약하게 올 수도 있고, 더 심한 복병으로 아예 꿈도 꿔보지 못할 정도로 불가능할 수도 있기 때문이다. 그래서 조금이라도 가능하다면 실행하는 것이다. 언제부터인가 조금씩 강심장이 되어가는 나 자신이 기특하기만 하다. 그래 '끝까지 갈 수 없더라도 갈 수 있는 곳까지라도 가보자.' 하는 심정으로 출발했다.

오늘은 충북 괴산군 연풍면 주진리 이화령 은티마을에서 남진 방향으로 산행을 시작했다.

7월 하순이라 도심 속은 무더운 한 여름날인데, 새벽 산행에서는 신선한 바람 덕분인지 상쾌하다. 헤드 랜턴에 의지한 채 산골짜기를 줄지어 가는 모습을 멀리서 바라보면 반딧불이 불빛을 깜빡 깜빡거리며 마지막 춤을 추고 있는 것 같다. 새벽 산행에서만 볼 수 있는 장관이다. 물론 이른 새벽을 알리는 바람에 동물들과 새들은 좀 귀찮아할 수도 있다.

'미안 얘들아! 일찍이 잠을 깨워서.'

다친 발을 의식하며 조심조심 걷다 보니 속도를 늦출 수밖에 없었다. 조봉도 지나고 어느덧 백화산으로 가는 도중에 우연히 작은 연못을 발견하였다. 어두워서 무심히 그냥 지나쳐 버릴 뻔했다. 운 좋게 깊은 산중에서 연못을 보게 되다니. 작은 연못 중앙에는 나무 몇 그루가 서 있는 아담한 크기의 작은 정원이 비집고 들어가 앉아있었다. '가위바위보'할 때 바위를 잡는 보처

멀리 보이는 희양산

럼 작은 연못이 나무 몇 그루를 품어 안고서 이긴 모습이랄까. 양보하고 배려하고 살기보다는 속 좁은 모습으로 살아가는 인간들에게 '우리는 이러고 산다.'며 은근히 자랑하듯이 말이다.

아직 해가 뜨기 전이라 산속은 제법 어두웠다. 그럼에도 작은 연못은 스스로 자연의 위대함과 함께 숨겨진 보물이었다. 높은 산 깊은 산속 작은 연못은 누가 만들어 놓은 것일까? 문득 〈작은 연못〉이란 노래 가사가 입 안에 맴돈다.

깊은 산 오솔길 옆 자그마한 연못엔

지금은 더러운 물만 고이고 아무것도 살지 않지만

먼 옛날 이 연못에 예쁜 붕어 두 마리 살고 있었다고

전해지지요

깊은 산 작은 연못 **(중략)**

백두대간을 오르내리며 아름다운 자연경관을 보면서 드는 생각은 한결같다. 이러한 국토를 가진 우리나라가 참 좋다. 지금 본 이대로의 모습으로, 아니 더 멋진 모습으로 다시 만나기를 소망한다. 다음 만남에 작은 연못과 작은 정원은 어떤 모습일까?

노래 가사처럼 먼 옛날 이 연못에 예쁜 붕어 두 마리가 살고 있었다고 그저 전설처럼 전해지지 않았으면 좋겠다. 지금도 깊은 산 오솔길 옆 자그마한 작은 연못에 이름 모를 나무와 예쁜 풀들이 살고 있다고 전해졌으면 좋겠다.

백화산 코스를 무사히 마치고 집에 돌아와 따뜻한 물에 샤워를 하고 나니 온몸이 뻑적지근하고 저릿저릿하다. 산행 전날 다친 발가락은 산행을 하면서 한껏 힘 자랑을 한 후 보랏빛으로 물들어 있었다.

산행을 하는 동안에는 정말 온몸이 모든 것을 참아내 주고 있다는 것을 저절로 느끼게 된다. 누군가를 내가 이토록 오랫동안 온몸으로 참아 준 적이 있었나? 아마도 이 정도로 참아 준다면 좋은 친구가 줄지어 따라올 텐데.

산행을 마치고 나면 온몸이 내게 말을 건다. '욱신욱신 얼얼얼얼.' 그 말들이 기분 나쁘지 않고 오히려 희열을 준다. 네가 오늘도 해냈구나, 대단하다. 그러면서 다음 산행코스가 궁금해진다. 어떻게 생겼을까?

- 2007년 7월 21일, 백두대간 종주 열 일곱 번째 코스이다.
- 희양산-시루봉-이만봉-사다리재-백화산-황학산-조봉-이화령.
- 총 거리 21km, 9시간 소요.

조령산

'해내야지'가 아닌 '하고 싶다'는 마음

"가장 럭셔리한 삶은 어떤 삶인가요?"

"가장 부유한 삶은 이야기가 있는 삶이라네. 스토리텔링을 얼마나 갖고 있느냐가 그 사람의 럭셔리지. 그리고 스토리텔링에는 광택이 없다네. 하지만 그 자체가 고유한 금광이지."

'이야기가 많은 인생이 럭셔리한 인생'이라는 이어령 선생의 이야기에서 나는 내 삶을 떠올려 보았다. 나의 가치 있는 스토리텔링은 어떤 것이 있을까?

직벽과 밧줄의 연속

작년에 갑자기 목과 허리디스크 통증으로 병원에 입원했다. 의사는 수술을 하자고 한다. 하지만 나는 수술은 당분간 지켜보면서 다른 치료법을 강구해 보자고 했다. 3년 전에 목디스크가 발병했었다. 치료 후 그동안 별다른 통증이 없었는데도 더 심해졌다. 게다가 허리디스크까지 추가되었으니 이게 무슨 일인가? 심리적으로 많이 불안했다.

연말을 바쁘게 보내다 결국 입원하는 바람에 하루 종일 누워만 있으니 답답하기만 했다. 옆 침상에는 오십 대 중반의 여자가 누워 있었다. 심심했는지 말을 걸어온다. 자기는 산을 즐겨 다녔다고 한다. 설악산을 산행하다가 발을 헛디뎌 낭떠러지로 떨어졌는데, 이제는 죽었구나 하는 찰나에 배낭이 소나무 가지에 걸리는 행운으로 가까스로 목숨을 건졌다고 한다. 아득해지는 생과 사의 길목에서 나뭇가지에 배낭이 걸려 살게 되었으니 천운이 있는 사람이다.

아득하게 백두대간을 타던 시절이 저절로 회상되었다. 특히나 조령산 구간은 대부분 암릉 지역으로 조금만 발을 잘못 디디면 낭떠러지로 추락하는 황천길 구간이 유난히 많았다. 옆침상 여자가 겪었던 낭떠러지 추락이라는 위험한 상황이 도처에 깔려 있었기 때문이다. '무사히 조령산을 넘은 나도 천운이 있는 사람인 건가?' 조령산이 나에게는 백두대간 총 종주 구간 중에 두 번째로 힘들었던 구간이기도 했다.

그날은 겨울을 보내고 있는 조령산 구간을 경상북도 문경시 하늘재부터 남진 방향으로 출발했다. 이번 구간 기억에 각인된 것은 거의 '암릉 밧줄 구간'이 전부였다고 할 수 있다. '으쌰' '어휴' 소리가 저절로 반복되어 터져 나왔다. 산행 내내 무릎에 스프레이 파스를 뿌려 대면서 산을 올랐다. '으으' 소리가 절로 나오던 직벽 로프 구간이 헤아릴 수조차 없이 많았다. 팔이나 손

아귀 힘이 특히나 없는 나에게는 단순히 '해내야지'보다도 더욱 간절히 하고 싶다는 마음이 아니고서는 오를 수 없는 고통스러운 구간이었다.

오죽했으면 바위에 뿌리를 내린 낙락장송이 나였으면 싶었다. 여기서 그만, 여기서 이제 그만. 중도 하산을 수없이 생각했다. 계속해서 산을 오르는 것이 나로서는 지독히도 힘에 겨웠다, 밧줄을 타고 내리고, 또 밧줄을 타고 오르고, 어디서 나오는지 밧줄은 끊임없이 나왔다.

하늘재에서 출발하여 탄항산과 부봉을 지났다. 무너진 성곽길을 지나고, 가파른 구간에 거친 바위들이 발목과 종아리에 통증을 주기 시작한다. 마패봉을 지나 조령 3관문을 통과했다. 모든 구간이 저릿저릿하고 고통의 순간이었다. 그중에서도 가장 인상 깊었던 구간은 절벽 위 신선암 바위 사면을 통과하는 구간이었다. 밧줄을 잡고 한 발 나아가자 가슴이 서늘해짐을 느꼈다. 다리 밑을 바라보니 깊은 산속 천 길 낭떠러지가 나를 바라보며 서슬 퍼렇게 떨어지기만을 기다리고 있는 것 같았다.

밧줄을 잡고서도 바위에 몸을 최대한 붙였다. 저절로 다리는 덜덜덜, 가슴은 서늘서늘, 팔은 힘이 쭉 빠졌다. 그러면서도 아슬아슬하게 한 발 한 발 밧줄을 잡고 돌아섰다. 돌아간 후에 다시 밧줄을 잡고 올라갔다. 올라 보니 주변 경관은 형언할 수 없을 만큼 멋진 경관이었다. 아찔했던 순간을 통과한 후의 경관이어서일까? 산은 힘들게 오른 만큼 활짝 펼친 조망과 암릉미를 맘껏 보여 주었다. 겨울바람이 세차게 불어서 오래 머물지는 못했지만, 눈과 가슴이 시원해짐을 느끼면서 잠시 달콤한 휴식을 취할 수 있었다.

지현옥 산악인 추모비

고통스럽고 힘들었던 구간을 지나자 드디어 조령산에 도착했다. 정상석에서 기념사진을 남겼다. 옆에는 고 지현옥을 추모하는 기념비가 있었다. 산행하는 동안 산악인을 기리는 기념비는 처음 마주한 순간이었다. 오늘 내가 힘들게 올랐던 조령산을 똑같이 올랐을 여성 산악인 지현옥을 떠올려 본다. 산행하면서 느꼈던 모진 고통과 함께 그녀의 산에 대한, 그리고 자연에 대한 애착이 각별했음이 가슴에 밀려왔다.

〈월간 산〉에 의하면, 지현옥은 1997년 가셔브룸1봉(8,068m)을 등정한 데 이어 1998년에는 세계 여성 최초로 가셔브룸2봉(8,035m)을 단독 등정했다. 이때까지 그녀는 한국 여성 산악인으로서 히말라야 고산등반에 관한 한 독보적인 존재였다. 하지만 그녀는 1999년 4월 29일 엄홍길 대장과 함께 캠프3을 떠나 안나푸르나 정상에 올랐으나 하산 도중 해발 7,800m 지점에서 실종됐다. 그녀의 나이 40세였다. 구글코리아 측은 지현옥의 로고를 만들어 메인화면에 올린 것에 대해 "각 분야에서 대한민국을 빛낸 여성들을 선정해 로고를 만들어 기념일에 메인화면에 올리고 있다. 한국산악계에서는 국내 여성 최초로 에베레스트를 등정한 지현옥 씨가 선정되었다."고 말했다.

영원한 자연의 품으로 떠난 산악인을 기리는 기념비를 추억하면서 죽음에 대한 새로운 시각으로 이야기를 해준 이어령 선생의 이야기가 다시금 나의 머릿속을 맴돌기 시작한다.

"죽음은 신나게 놀고 있는데, 엄마가 '얘야, 밥 먹어라.'라는 것과 같은 거라고. 신나게 애들이랑 놀고 있는데, 불쑥 부르는 소리를 듣는 거야. '그만 놀고 들어와 밥 먹어!' 이쪽으로 엄마의 세계로 건너오라는 명령이지. 어릴 때 엄마는 밥이고, 품이

조령산 정상에서 줄줄이 이어진 산들을 바라보며

고, 생명이잖아. 이제 그만 놀고 생명으로 오라는 부름이야....
그렇게 보면 또 하나의 생명이지. 어머니 곁. 원래 있던 모태로
의 귀환이니까."

한세상을 산에서 신나게 즐기다가 '그만 놀고 들어와 밥 먹
어!'라는 엄마에게 그리고 자연에게 돌아간 지현옥은 모태로의
귀환이었나? 나도 기왕이면 신나게 놀고 싶다. 돌아오라는 엄마
의 목소리에 후회 없이 한걸음에 달려갈 수 있도록 말이다.

어느덧 조령산에서 내려와 이화령에 도착했다.

- 2007년 12월 16일, 백두대간 종주 열 여덟 번째 코스이다.

- 이화령-조령산-3관문-마패봉-부봉-하늘재.

- 총 거리 약 19km, 약 10시간 소요.

대미산

그렇게 산은 내 인생 안으로 들어왔다

경상북도 문경시 문경읍 차갓재에서 산행 준비를 마치고 어두운 새벽 3시경에 대간길을 출발했다. 오늘은 남한 백두대간 종주의 딱 중간지점이 있는 구간을 경유한다. 벌써 반이나 걸어왔다니, 믿기지가 않는다.

첫 번째 표지석을 만났다.

〈 백두대간 남한 구간 중간지점 표지석 〉

(해발 756.7m, 북위 36° 49′, 동경 128° 16′)

백두대간 남한 구간 중간 지점 표지석

경북 문경시 동로면 생달리 차갓재

백두대간이 용트림하며 힘차게 뻗어가는 이곳은

일천육백여 리 대간길 중간에 자리한 지점이다.

넉넉하고 온후한 마음의 산사람들이여!

이곳 산정기 얻어 즐거운 산행되시길.

이어서 두 번째 표지석이다.

또 하나의 백두대간 중간지점 표지석(734.65km)에서는 왼쪽 천왕봉(367.325km), 오른쪽 진부령(367.325km)이라고 표시되어 있었다. 이리 봐도 저리 봐도 드디어 남한 백두대간 중간지점에 도착했다는 표시였다. 이 또한 지도상 백두대간 누적거리 367.325km를 걸어왔다는 사실을 말해 주고 있다. (*서울역에서 마산역까지 366km)

'넉넉하고 온후한 마음의 산사람'

표지석에 쓰여 있는 '넉넉하고 온후한 마음의 산사람'의 의미를 그때는 몰랐다. 이제 반을 통과했으니 나머지 반을 무사히 끝까지 마쳐보자는 생각으로만 가득 차 있었다. 지금에서야 돌이켜 보니 나는 백두대간 종주 중인 모든 사람들과 함께 산을 오른 것이었다. 수많은 사람들이 올랐던 우리 산야! 앞으로도 수많은 사람들이 오를 우리 산야의 중간지점 한복판에 서 있었다는 소중한 기회만으로도 나에게는 더 큰 자유와 낭만이 존재했다는 것을 신영복 선생의 글을 통해서 깨닫게 되었다.

나는 당신의 수능시험 성적 100점은 그야말로 만점인 100점이라고 생각합니다.
그것은 올해 당신과 함께 고등학교를 졸업한 67만 5천

명의 평균 점수입니다.

당신은 친구들의 한복판에 서 있다는 것을 잊지 말아야 합니다.

중간은 풍요한 자리입니다. 수많은 곳, 수많은 사람을 만나는 자리입니다.

- 나무야 나무야, 신영복 -

차갓재에서 대미산(1,115m)까지 2시간 정도 걸렸다. 대미산 정상에서는 온통 나무에 가려 정상에서의 멋진 경관을 볼 수 없었다. 정상이라고 모든 시야가 좋을 수만은 없다는 것을 이미 여러 번 경험한 터라 이제는 그러려니 하고 통과한다. 사람도 같은 이치가 아닐까? 정상에 있는 사람이라고 해서 모두 훌륭한 인격을 가지고 있지는 않다. 오히려 그 뒤편에 보이지 않는 곳에서 일하는 사람들의 훌륭한 모습을 오랜 공직생활을 하면서 많이 보았다. 산에 올라와 보니 산도 인간 세상과 참 많이 닮은 듯한 모습을 볼 수 있다.

어느 정도 걸어가자 전경을 한눈에 볼 수 있는 조망터가 나왔다. 아직 완전히 날이 밝진 않았지만, 높은 암봉에서 확 트인 산세를 보니 마음까지 후련하다. 이럴 때는 자연이 거저 주는 귀한 선물을 받는 기분이다. 참 좋다. 새들이 아침 일찍 일어나서 맑은 공기를 마시며 일용할 양식을 거저먹는 기분이 이런 것일까? 새들은 매일 귀한 선물을 받으면서 살고 있구나! 나에게도 새처럼 날개가 있다면 매일매일 일터로 나가지 않아도 될 텐데, 갑자기 겨드랑이가 간질간질하다.(하하)

부리기재에서 하늘재까지는 약 12km 남았다. 걷다 보니 경사가 가파르고 험해지기 시작한다. 드디어 암벽 사이로 끊어질 듯 얇은 로프가 보인다. 밧줄은 보기만 해도 힘이 빠진다. 체형 조건상 팔 힘이 약하고 하체가 무겁기 때문이다. 이제는 신체에 대한 원인분석도 한다. 팔은 약하지만 하체가 튼튼해서 내가 산을 잘 오를 수 있는 힘이기도 하다. 물론 팔은 나에게 기운 나는 음식을 입으로 넣어 주니 무엇 하나 소중하지 않은 것이 없다.

해가 날 줄 알았는데 비가 가끔씩 오락가락 내렸다. 해가 났다 비가 내렸다, 종잡을 수 없는 날이었다. 비옷을 입었다 벗었다 하면서 산행을 이어 나갔다. 그나마 더운 여름날이라 그런지 비가 내릴 때는 시원함을 느낄 수 있어서 고마운 단비 같다.

어느덧 여섯 시간 만에 꼭두바위봉에 도착했다. 시원스레 멀리 내려다보이는 조망에 감탄하면서 시원한 바람까지 맞게

머리를 맞대고 무엇을 보고 있었을까?

되니 모든 피로감이 사악 사라진다. 휴식을 취하고 포암산을 향하여 다시 오르내림을 이어 갔다.

한참을 걷던 중 갑자기 뒤에 오던 일행들에게로 '빠바박 쩌억' 하며 마른하늘에 날벼락 같은 번개가 내리쳤다. 이런 세상에나! 일행 대여섯 명은 누구랄 것도 없이 일제히 바닥으로 슬라이딩하면서 엎드렸다. 순간이었다. 지니고 있던 스틱을 던져버렸고, 빠르게 땅바닥으로 엎드려서 무사히 모두 목숨을 건질 수 있었다.

번개를 맞고도 살아났으니 무병장수할 거라면서 다들 얼굴에 안도의 한숨과 웃음소리를 내었지만, 정말 하늘이 도왔다고 할 수밖에. '하나님 감사합니다.' 그 모습을 바라보며 속수무책이었던 심정은 말로 표현할 수가 없다. 순간적으로 앞이 캄캄했다. 산이란 곳은 아무나 입산을 허락해 주는 곳이 아니라는 걸 다시 한번 절감하는 순간이었다. 비가 안 오더라도 공기 중에 가득한 습기로 인해 번개가 형성되었던 것이다. 대자연 앞에서는 누구든지 겸손할 수밖에 없다.

꼭두바위봉에서 2시간 30분 정도 걸려 포암산(962m)에 도착해서는 다들 지쳐 있었다. 마지막 목적지인 하늘재를 향하여 가는 길. 경사도가 심해서 다들 조용히 긴장을 늦추지 않은 채 무사히 산행을 마칠 수 있었다.

- 하늘재-포암산-꼭두바위봉-부리기재-대미산-새목재-차갓재.
- 총 거리 19.2km, 9시간 소요.
- 2007년 8월 18일, 백두대간 종주 열아홉 번째 구간이다.

제2장

백두대간 종주 구간, 황장산에서 향로봉까지

황장산

잊지 말아야 할 사람과 잊어야 할 사람

경상북도 문경시 동로면 안생달에서 출발하여 작은 차갓재를 지나 황장산에 도착했다. 황장산(黃腸山 1,077m)은 경상북도 문경시와 충청북도 제천시에 걸쳐 있다. 쉼터에 있는 기둥 한 편에는 "이 기둥은 황장목으로 만들었습니다."라고 적혀 있다.

원래는 황장산에서 자라는 금강송을 '황장목'이라 하였지만, 우수한 금강송을 여러 산에 이식하여 장려한 관계로 금강송을 '황장목'이라고 칭하고 있다. 속살이 특유의 정결한 황금빛을 띠고 있어 황장목(黃腸木)으로도 불린다. 붉은빛 표피는 시간이 흐를수록 딱딱해지며 밑둥치부터 회색으로 변하고, 육각형의 거북 등딱지 모양으로 변한다. 일반 소나무와 달리 재질이 단단하고 굵고 길며 잘 썩지 않아 궁궐을 짓거나 왕실의 장례용 관으로 사용됐으며, 유명 사찰이나 고궁을 복원하는 데 사용되고 있다.

– 위키백과 –

황장산(1,077m)을 지나 칼등바위와 암릉 지대의 까칠한 바위 구간을 오르락내리락하다 보니 어느새 마당 넓은 치마바위에 도착했다. 제법 신선한 바람과 함께 초가을 향이 스멀스멀 느껴진다. 오랜 시간을 산에서 이동하려면 짐은 최소화가 기본이지만, 비상식량은 필수로 준비해야 한다. 한동안 나와 함께 산에 오른 잘 익은 사과 한 알을 꺼내어 한 입 크게 깨물고 먼 산을 바라본다. 아무것도 부럽지 않다. 그동안 흘린 땀방울들은 바람에 휘리릭 날아간다. 이때의 기분은 뭐랄 것 없이 최고다.

어느덧 우리 산야 백두대간 종주 코스 중 절반을 통과했고, 나머지 반의 새로운 시작이다. 이제는 산을 오르내리는 것이 조금은 무르익은 느낌이다. 산행할 때마다 '어떡하지? 할 수 있을

치마바위에서 사과 한 입 크게 물고 먼 산 바라보기

까? 내가 정말 할 수 있을까?' 하는 반신반의는 통과한 기분이
다. 그러나 산을 오를 때마다 죽도록 힘이 드는 것은 어찌할 수
없는 노릇이다.

벌재에서 급경사 오르막을 지나고 산 넘어 산, 또 산 넘어
산을 여러 번 반복하고 나서 문복대에 도착했다. 다리는 얼얼하
고 기진맥진, 힘들게 도착했다. 하지만 주변에 마땅히 발 디딜
틈이 없어서 간신히 사진 한 장만 찍고 급하게 내려섰다. 굳이
넓은 공간까지는 아니더라도 지친 나그네가 잠시 쉬어 갈 수 있

는 조그마한 공간이라도 있었으면 하는 아쉬움이 절로 생긴다. 잠시의 휴식은 충전과 함께 다시 일어서 나아갈 수 있는 힘까지 생겨나기도 하기 때문이다.

오늘은 비교적 다른 일정보다 짧은 산행으로 7시간 만에 저수령으로 하산했다. 먼저 도착한 선두 팀은 후미 팀까지 도착하면 다 같이 점심식사를 하자고 한다. 잠깐 주어진 여유로운 시간 덕분에 호젓이 주변을 설렁설렁 거닐면서 마을 구경을 했다. 가을이라 그런지 골목 어귀에 빨간 고추를 가득 내어놓고 하나하나 일일이 닦으면서 손질하는 노부부가 보였다. 할아버지는 옥색 한복을 곱게 차려입고 고추 손질을 하고 있었다. 반면에 할머니는 수수한 평상복 차림이었다. 할아버지의 고운 한복을 보니 할아버지를 귀하게 여기는 할머니의 손길이 느껴졌다. 곱게 한복을 차려입은 모습으로 고추를 닦고 있는 할아버지 손길에서는 할머니를 사랑하고 배려하는 모습이 고스란히 전해왔다. 시골 노부부의 사랑 표현이 낯설기도 하지만, 살아온 세월만큼이나 말로 표현하지 않아도 푸

노부부의 사랑 표현

근하고 애틋한 사랑을 알 수 있었다. 노부부의 낯선 사랑스러운 모습이 내게는 참으로 아름답게 보인다.

장시간 산행이 대부분이어서 그동안은 늘 시간에 쫓기고, 힘든 산행을 마친 지친 몸으로 집으로 돌아가기 바빴다. 그런데 오늘은 비교적 짧은 산행코스 덕분에 좀 여유로운 점심시간을 누릴 수 있었다. 술을 좀 마시는 사람들은 이때가 좋은 기회라며 술자리가 길어졌다. 그러는 사이에 사람들은 삼삼오오 몰려서 사진도 찍고 이야기를 나누는 등 마치 모처럼 가을 나들이 나온 여행객 같았다. 사인암 주변에서 나란히 삼총사가 다정하게 어깨동무를 하고 있었다. 산행도 마쳤겠다, 술도 한 잔 마셨겠다, 모두 기분 좋게 활짝 웃고 있는 모습이 보기 좋아서 삼총사 박민주 씨, 박철 씨, 이규식 씨 이렇게 세 사람의 사진을 찍었다.

인생사란 정말 모른다는 게 맞는 말이다. 세월이 조금 지나가기는 했지만, 지금은 삼총사 모두 이 세상에 없는 사람이 되었다. 그들은 한결같이 심성이 고왔다. 산을 오르며 힘들 때마다 농담을 슬쩍 건네며 지쳐가는 분위기를 전환 시켜주었다. 준비한 먹을 물이 바닥나서 절절매고 있을 땐 배낭 속에서 마지

사인암

막 남은 귀한 물과 함께 오이 한 조각을 한 번의 망설임도 없이
흔쾌히 내어 주곤 했다. 때론 간신히 발걸음을 옮기는 것조차
힘들어하면서도 약하고 힘겨워하는 사람들의 배낭을 대신 짊어
주기도 했었다. 이랬던 삼총사가 한 명씩 한 명씩 이 세상에서
저세상으로 건너갔다. 착한 사람은 신이 질투하는지, 이 세상
에 오래 머물게 하지 않는 것 같아서 많이 속상하다. 그들은 백

두대간 종주와 함께 나누었던 추억이 너무도 그립고 좋아서 두고두고 잊지 말아야 할 사람들이고, 이기적이어서인지 너무 보고 싶은데 지금 당장 만나지 못하는 아쉬움에 마음 아파 내게는 억지로 잊어야 할 사람들이다. 삶이란 이런 것인가? 세월만 조금 흘렀을 뿐인데 누군가는 아무리 다시 보고 싶어도 만날 수 없는 존재가 되어버린다.

- 2007년 9월 8일, 백두대간 종주 스무 번째 구간이다.
- 차갓재–황장산–치마바위–벌재–저수령.
- 총 거리 14km, 7시간 소요.

도솔봉

고슴도치도 제 자식이 제일 곱다

지리산에서 시작하여 향로봉에서 마치는 백두대간 종주 코스가 정통코스이지만, 개인 사정 또는 기상악화로 인하여 종주를 못 하게 되는 구간이 가끔 발생한다. 그래서 미처 종주하지 못한 구간은 별도의 일정을 잡아서 오늘처럼 종주를 마쳐야 한다. 등산 전문용어로 땜빵이라고 하기도 한다. 오늘로써 백두대간 종주 땜빵을 모두 마치는 날이다. 좀 더 확실히 표현하자면, 오늘이 드디어 37구간 백두대간 종주를 완주하는 날이다.

도솔봉 백두대간 코스에는 특별히 모자지간인 영애 선배와

나무숲 조그만 사잇길

영석이가 동행했다. 영애 선배는 산을 오르면서 우연히 알게 된 고등학교 선배다. 산에서 선배를 만나게 되어서인지 우리는 빠르게 친해졌다. 그녀는 그동안 암벽타기를 즐겼다고 한다. 산에서는 날다람쥐처럼 속도도 빠르고 별로 지치는 기색이 없다. 나와 15년 나이 차이가 무색할 정도다. 그런 선배가 유난히 염려하는 한 가지가 있었다. 산을 한 번도 타 보지 않은 아들이 10

시간 이상 산행할 생각에 걱정이 태산이었다. 함께 산을 오르 긴 했는데, 앞에 갈 때나 뒤에 갈 때나 오로지 아들이 잘 가고 있는지가 최대 관심사였다. 경상북도와 충청북도를 넘나드는 저수령에서 출발했다. 30대 아들이 염려되어서인지 선배의 얼굴은 걱정이 한 가득이다. 반면 영석이는 천연덕스럽게 활짝 웃고 있다. '부모 마음을 알기나 하는지?' 깜깜한 새벽 산행이 시작되었다.

"우리 아들이 잘 갈 수 있을까?"

어느 정도 이마에 땀이 송글송글 맺힐 무렵, 발아래에서 뭔가 꼬물거리는 작은 움직임이 눈에 들어왔다. 아가 고슴도치였다. 앗! 고슴도치도 놀랐고 나도 놀랐다. '어쩌다가 이 깜깜한 새벽에 혼자 나오게 되었을까?' 지난번 첫 번째 구간인 지리산에서 반달가슴곰 울카를 만나지 못하고 뉴스를 통해 죽었다는 소식을 전해 듣고서 늘 마음 한쪽이 묵직했었다. 그런데 백두대간 종주를 완주하게 되는 마지막 날에 유일

우리 아들 잘 갈 수 있을까?

깜깜한 새벽 이가 고슴도치의 깜짝 등장

하게 정면으로 마주친 동물이 곰도 아니고, 호랑이도 아니고, 멧돼지도 아닌 아가 고슴도치다. '나의 상대는 아가 고슴도치 수준인가? (하하)'

아가 고슴도치는 한동안 움직이지 않고 눈치를 보더니 바위 쪽으로 뾰족뾰족 날카로운 털을 꼬물꼬물 움직이며 도망가고 있었다. 자기 딴에는 엄청난 속도로 피신 중이라고 생각했겠지만, 내 눈에는 너무도 느릿느릿 간신히 도망가고 있을 뿐이다. 귀여운 모습에 저절로 입가에 미소가 가득해졌다. '얼른 빨리빨리 엄마 품속으로 돌아가렴!'

'고슴도치도 제 자식이 제일 곱다'는 속담이 있다.

"엄마, 내 털 안 따가워요?"

"무슨 소리! 얼마나 부드러운데...."

오늘 산행은 처음부터 모자지간의 신경전이었다. 영애 선배는 아들이 걱정되는지, 앞서갈 때는 뒤에 오는 사람들에게 "우리 영석이 잘 따라오고 있어요?" 미처 뒤따라갈 때는 "영석아, 잘 가고 있니?"를 반복하면서 산행을 마쳤다. 사랑하는 자식과는 애증의 관계랄까? 어디까지가 적당한 거리일까? 선배를 보면서 이런저런 생각들이 오간다.

여러 가지 생각으로 머리가 복잡해지고 있는데, 갑자기 아가 고슴도치까지 등장하면서 내 마음도 둥둥거렸다. 나의 눈에도 내 자식들이 제일 예쁘고 사랑스럽다. 요즘 한참 털이 뾰족뾰족 나오기도 하고, 상남자 티를 내는 모습들조차 내 눈에는 아가 고슴도치처럼 보드랍고 윤기 나는 털로 보인다. 고슴도치도 제 자식이 제일 곱다는 말이 내 경우에도 지당한 말 같다.

백두대간 종주를 완주하는 날, 내 앞에 나타난 아가 고슴도치를 떠 올리면서 아마도 다음에 도전할 임무는 나의 아들들이지 않을까 하는 생각이 든다. 가까이하기엔 너무 먼 당신처럼,

내 속에서 나온 자식들이지만 뾰족뾰족 날카로운 털로 인하여 적당한 거리두기를 하면서 잘 지내야만 하는 그런 상황 말이다.

저수령에서 촛대봉으로 가는 동안 오르막과 내리막이 계속되었고, 어느덧 묘적령에 도착했다. 묘적령 이후부터는 바위와 조금씩 거친 산행길이 이어졌다. 무릎에 테이프를 돌돌 두르고 다시 도솔봉을 향했다. 죽령까지는 다행히 내가 좋아하는 내리막길이었지만 여전히 체력에 대한 한계가 나의 인내력을 테스트했다. 그럼에도 불구하고 무엇보다도 백두대간 종주를 완주할 수 있게 되어서 너무 감사하다. 오늘은 나의 일생에 두고두고 간직할 추억의 보물 1호를 만들게 된 운명의 날이었다.

백두대간 종주를 2006년 11월 11일에 시작해서 3년 만에 완주하게 되었다. 무엇보다도 종주 내내 하나님께서 함께하여 주신 은혜에 감사드린다. 나의 인생에 있어서 뭔가를 소망하고 주도적으로 선택하여 이루어낸 첫 작품이다. 그동안 종주를 하면서 산에서 만났던 흙, 땅, 바위, 나무, 꽃, 풀, 하늘, 해와 달과 별, 바람, 눈, 비, 번개, 고슴도치, 뱀, 고라니, 청설모, 다람쥐 등, 그리고 산과 마을에서 뵈었던 할아버지와 할머니. 그리고 종주를 함께했던 소중한 지인들, 또 산에서 알게 된 귀한 인연들이 아니었으면 나에게 오늘과 같은 운명의 날은 맞이하지 못했을 것이다. 마지막으로 백두대간 종주를 끝까지 완주할 수 있도록 도와준 응원가를 소개한다.

You Raise Me Up

내가 좌절에 빠지고 내 영혼이 지쳐 쓰러질 때
힘겨운 일들이 몰려와 내 가슴이 그 무게에 허덕일 때
난 침묵 속에 가만히 기다려요
당신이 다가와 잠시 내 곁에 앉아 주기를
당신이 날 일으켜 세워, 난 산 정상에 우뚝 설 수 있고
당신이 날 일으켜 세워, 폭풍우의 바다를 건널 수 있어요
난 강해져요, 당신 어깨에 기댈 때
당신이 날 일으켜 세워 난 더 나은 내가 돼요....

- 저수령-뱀재-묘적령-묘적봉-도솔봉-삼각점-죽령.
- 2009년 9월 27일, 19km, 11시간 소요.
- 백두대간 종주 스물한 번째 코스이고 나에게는 백두대간 종주 마지막 날이다.

소백산

나무야 나무야 따스한 나무야

동규엄마와는 같은 교회를 다니면서 알고 지낸 지가 벌써 20년이 훌쩍 넘었다. 동규는 태어날 때부터 뇌성마비 중증장애를 앓고 있다. 그녀의 손길이 닿지 않으면 먹고 입고 손을 움직이는 것조차 아무것도 스스로 할 수가 없다. 하루종일 타인의 손길이 없이는 살아갈 수 없는 아들이지만, 그녀는 제일 사랑스럽다고 한다. 이 세상에 태어나 동규는 단 한 번도 그녀를 실망 시킨적이 없고, 늘 천사 같은 미소로 그녀만 바라봐 주는 소중한 아들이라고 한다. 그녀는 하나님께서 천사로 아들을 가족 품 안에 보내 주셨다고 이야기하곤 한다. 그런 아들과 매일을

소백산 아침

한몸으로 지내던 그녀가 오늘은 생애 처음으로 나와 함께 소백산 종주 산행을 하게 되었다.

등산복을 한껏 갖추어 입고 나타난 그녀는 멋진 등산객 모습으로 나타났다. 이렇게 멋진 사람이 천사 같은 아들을 지키느라 외출이란 것을 꿈도 꿀 수 없었다니. 오늘만큼은 온 가족이 동규를 돌봐주기로 하면서 그녀에겐 특별 외출이 주어진 날이다.

소백산을 함께 등산할 수 있게 되어서 나도 좋았지만 "이게 웬일이래요, 믿겨지지가 않아요."라며 그녀 역시 살짝 기분이 상기된 것 같았다.

죽령에서 출발했다. 겨울눈이 제법 쌓여 있어서 스패츠와 아이젠을 착용하고 모자를 푹 눌러썼다. 처음 걷는 산행길에 그녀는 씩씩하게 성큼성큼 잘도 걷는다. 괜스레 백두대간 종주 중인 내가 무색할 정도다. 씩씩한 동규엄마와 함께 세찬 겨울 바람과 눈 쌓인 어두컴컴한 산길을 걷다 보니 연화봉을 지나 어느새 비로봉 정상에 도착했다. 그사이에 벌써 아침 해가 먼 산 너머 동쪽에서 떠올랐고 날도 환해졌다.

우리는 춥고 허기진 배를 채우기 위하여 잠시 배낭을 내려 놓았다. 그런데 싸온 김밥을 꺼내 보니 살짝 살얼음이 올랐다. 추운 겨울 산에서나 먹을 수 있는 특별식 살얼음 김밥을 나눠 먹었다. 물론 나는 이미 먹어본 적이 있는 익숙한 김밥이지만 동규엄마는 난생처음 먹어보는 살얼음 덩어리 김밥이다. 그렇게 생긴 김밥을 먹으면서도 싱글 벙글이다. 심지어 처음 장시간 산행인데도 오히려 나를 챙겨 주기까지 하면서 여유 있는 모습을 보여 준다. 역시 내공이 백단임에 틀림없다. 우리는 눈에 맞

앞서거니 뒤서거니 계속해서 걸었다.

고 이슬 젖은 배낭을 마치 우리의 모습인 양 바라보았다.

이어서 국망봉을 통과하고 고치령을 향하여 한동안 계속 걸었다. 6시간 이상 소요되는 길은 지루하고 힘이 들었다. 반가운 내리막길이 나왔다. 이제 내리막길은 잘 내달리는 수준급이다. 동규엄마는 키도 크고 하체도 길다. 나는 키도 작고 하체도 짧

다. 내리막길에서는 단연 하체가 짧은 게 유리하다. 다리가 짧은 덕분인가?(헐)

저절로 내려 달리는 발걸음을 잠시 멈추고 그녀가 올 때까지 나무에 등을 대고 한동안 기대었다. 나무의 온기가 등을 타고 천천히 전해 왔다. 추웠던 몸을 나무에 기대었더니 따스함이 온몸에 스며들었다. 몸을 돌려 나무를 다시 바라보았다. 아무 말 없이 그대로 있다. 다시 등을 대고 기대어 보았다. 따스함이 다시 니의 온몸으로 진해왔다.

'나무야 나무야 따스한 나무야!'

너무나 벅찬 감동이다. 추운 겨울 하늘 아래 나무 한 그루가 나에게 등을 기댈 곳을 내어 주고 따스함으로 감싸 주다니...

'사랑해, 이름 모를 나무야. 나는 네가 정말 좋구나!'
'나는 누군가에게 이러한 따스함을 말없이 전해 주었던 적이 있었던가!'
산에서의 자연스런 만남은 아무런 말도 없이, 표현도 없이 조용히 마음속을 파고든다.

눈에 맞고 이슬 젖은 배낭은 또 다른 우리의 모습

묵묵히 잘 버텨왔는데 마지막 내리막길에 이르자 그녀의 입에서 "아휴"하는 신음이 터졌다. 결국 무릎과 발톱 통증이 심해져서 나아가지 못하게 막았다. 초보 산행인데, 지금까지 잘 온 것만도 대단히 훌륭했다. 정말 대단하다. 아픈 아이와 함께 동고동락하던 몸으로 산을 전혀 타 보지도 않던 사람이 소백산 종주 구간 25km를 완주했다. 그녀에게 중간에 탈출을 권유했지만, 어찌 됐든 끝까지 가보겠다는 굳은 의지를 표현했다. 그녀는 끝까지 소백산 종주를 훌륭하게 마쳤다. 인간승리라는 경험을 한 것이다.

그 이후로 그녀는 태어나서 한 번도 경험해 보지 못한 통증으로 엄청나게 온몸이 아팠다고 한다. 결국 양쪽 발톱 두 개가 빠지게 되었다. 산을 처음 타게 되면 누구나 산 몸살을 겪는다. 내 경우에는 처음으로 소요산(559m) 산행을 하고 나서 일주일

비로봉 정상에서 일출을 보다.

동안 온몸이 두들겨 맞은 것처럼 아팠다. 그런데 동규엄마는 소백산(1,439m) 종주를 했으니 그녀가 느꼈을 고통이 가히 짐작이 간다. 이렇게까지 무리를 하면서도 소백산 산행 내내 그녀는 "너무너무 신기해요. 산이 이런 모습이었군요. 정상에서의 산 경관이 이런 모습이군요." 하며 산에 와야만 볼 수 있는 매력에 빠져서 계속해서 감탄사를 뿜어 댔다.

다음 산행을 위하여 배낭을 챙기고 있는데, 동규엄마로부터 "다음 산행은 언제 가실 거예요."라고 묻는 전화가 왔다. 두말 할 것도 없이 산의 매력에 푹 빠져든 것 같다.

- 죽령-연화봉-비로봉-국망봉-상월봉-형제봉-고치령.
- 총 거리 25km, 10시간 소요.
- 2007년 12월 22일, 백두대간 종주 스물두 번째 구간이다.

선달산

표현하는 나무가 좋다

소곤소곤 무슨 이야기를 나누고 있니?

1부

겨울나무는 솔직하다.

모든 우수 사리들을 스스로 떨어뜨리며 발가벗는다.

적나라한 자신의 모습을 부끄러움 없이 보여 준다.

겨울나무는 숲속의 경관을 깊고 넓게 보여 주면서

그동안 보지 못했던 숲속의 다른 모습들을 기꺼이 내어

준다.

2부

겨울나무는 멋쟁이다.

순백의 하얀 드레스와 정장을 곱게 차려입는다.

세상 어떤 결혼식 옷보다 화려하고 빛나게 차려입는다.

흰 눈을 가득 맞이한 겨울나무는

푸른 하늘만큼 찬란하고

아침 햇살만큼 눈부시다.

흰 눈으로 곱게 차려입은 겨울나무 곁에는

누가 신랑이 되고 누가 신부가 되어 서 있을까?

내 삶을 만나러 오늘도 오릅니다.

3부

백두대간을 종주하면서 두 번째 겨울을 지내고 있다. 오늘
은 고치령에서 출발했다. 그래도 평지가 많아서 조금은 덜 힘든
것 같은데, 눈발과 이미 쌓인 눈으로 좀처럼 속도가 오르진 않
는다, 마구령에 도착했다. 이어서 갈곶산을 지났다. 여전히 힘
든 코스인 선달산(1,236m)을 올랐다. 그렇지만 이번 산행은 겨울
눈꽃을 산행 내내 보여 주어서 힘든 줄 모르고 계속 고고 진행
중이다. 산마다 함박눈이 계속해서 내려, 이르는 산마다 눈꽃

잔치가 열렸다. 나무들은 근사한 눈 꽃송이 아치를 멋지게 뽐내 주었다. 흰 눈 덮인 눈부신 나무와 파란 하늘을 바라보면서 나는 누군가에게 이렇게 환한 모습으로 나를 표현한 적이 있었나? 싶다.

눈 덮인 나무 사이로 잠시 들어가 본다.
그냥 봐도 정말 감탄사가 절로 나온다.
이렇게 근사하고 멋있는 모습을 어디에서 만나볼까?
겨울이라 느껴지는 쨍한 기운과 함께
눈부신 파란 하늘
순백의 눈꽃 나무
그 옆자리 그리고 나....

선달산은 대체로 완만한 구간이 많았다. 육산에 가까워서 눈밭을 걸으면서도 위험을 느끼지 않았고, 오히려 걷다 보면 힐링이 되었다. 눈까지 내려 절로 함박눈 경치에 흠뻑 빠져 기분 좋은 산행을 할 수 있었다. 선달(先達)은 과거에 합격하였으나 관직에 나아가지 않은 사람을 말한다. 선달산은 이름처럼 주변에 있는 소백산이나 태백산처럼 강렬한 느낌 없이 조용히 중간에 끼어 있는 느낌이다. 그래서인지 내게는 더욱 푸근한 느낌이다.

아무리 웃어보아도 눈처럼 환한 웃음은 흉내 낼 수 없다.

박달령(967m)은 소백산을 보내고 태백산을 맞이하는 곳이라고 한다. 박달령에서 옥돌봉(1242m)을 향해 힘을 다해 오르고, 다시 옥돌봉에서부터는 내려서면서 강원도 영월과 경북 봉화 사이 고개인 도래기재에 도착했다.

- 고치령-마구령-갈곶산-선달산-박달령-옥돌봉-도래기재.

- 총 거리 26km, 12시간 소요.

- 2007년 12월 9일, 백두대간 종주 스물세 번째 구간이다.

태백산

그동안 서 있어서 힘들었지, 누워서 쉬렴

강원도 지역의 겨울 날씨 체감은 매서운 바람과 추위를 느끼는 강도가 남부지역과는 확연히 다르다. 백두대간 종주를 하기 시작한 지도 어느덧 일 년이 지났다. 산행하는 것도 제법 근력이 생겼을 것 같지만, 종주 구간마다 늘 새로운 한계를 경험하게 된다. 강원도 영월과 경북 봉화 사이의 고개인 도래기재에서 출발했다. 백두대간 종주 1년 앓이를 하는지 처음으로 감기몸살이 왔다. 조그마한 그루터기라도 나오면 주저앉았다. '그만 여기서 돌아갈까? 그래도 조금만 더 가보자' 하며 가까스로 구룡산에 도착했다.

해발 1,345m의 구룡산 일대는 1980년대 중반까지는 산불 확산을 저지하기 위한 방화선이었던 지역이다. 현재 주변을 우점하고 있는 신갈나무는 벌채한 그루터기에서 돋아난 새싹(일명: 맹아)으로 이루어진 숲이다.

– 산림청 –

해가 뜨고 날이 밝아오면서 추위와 감기에 힘들어하는 나의 모습을 눈치챘는지 선발대가 조금만 쉬자고 한다. 덕분에 잠시 숨 고르기를 했다. 백두대간을 종주하려면 건강관리 특히 체력관리가 우선되어야 한다. 괜스레 동반자들에게 민폐를 끼칠까 봐 마음이 편치 않았다. 친절하고 의리 있는 박민주 씨가 가지고 있던 따뜻한 패딩 잠바를 덧입어 보라며 건네주었다. 미안함은 뒤로하고 패딩을 한 겹 더 두르니 훨씬 따뜻해졌다. 그러는 사이 차돌백이에 도착할 무렵, 어느새 추위는 물러가고 감기 기운도 한결 나아졌다. 산에서 저절로 몸살이 치유되는 신기한 체험을 했다. 함께 걸어준 동반자들의 따뜻한 기운과 태백산의 정기 덕분이었다.

신선봉 표지판

기운을 차리고 어느덧 곰넘이재와 깃대배기봉 사이에 있는 신선봉에 도착했다. 낡아가는 나무표지판에 신선봉이라는 이름이 무색하기만 하다. 표지판 옆에는 무덤 하나가 자리 잡고 있다. 처사 경주 손씨의 묘이다. '처사'는 벼슬을 하지 아니하고 초야에 묻혀 살던 선비라는 사전적 의미가 있다. 설마 신선봉에 신선은 '처사 경주 손씨인가?' 물론 신선이 되는데 계급이 필수 조건은 아니다. 왕도, 대군도 아닌 처사가 신선이 됐을지는 아무도 모를 일이다. 상상 속 나의 머릿속은 계속해서 궁금하기만 했다. 아마도 조선시대 비운의 왕 단종은 영월에서 죽어 태백산(1,567m)의 산신령이 되었고, 단종의 복위를 도모하다 죽은 금성대군은 소백산(1,439m) 산신령이 되었다고 하는 전설에 너무 집중한 탓인가 보다.

멀리서 바라만 보던 태백산에 도착했다. 태백산 천제단(太白山 天際壇)은 우리 조상들이 하늘에 제사를 지내기 위하여 설치한 제단이다. 만들어진 시기나 유래 등에 대해서는 정확히 알수 없다. 「삼국사기」를 비롯한 옛 서적에 "신라에서는 태백산을 삼산오악 중의 하나인 북악이라고 하고 제사를 받들었다."라는 기록이 있는 것으로 미루어 태백산은 예로부터 신령스러운 산으로 섬겨졌음을 알 수 있다.

- 중요민속자료 제228호 -

태백산 정상에서 돌아온 길을 바라보다

　이곳 제의의 대상은 시대마다 달랐다. 신라 때는 단군과 산신에게 제사를 지냈지만 고려 때는 산신을, 조선 전기에는 천왕을, 임진왜란 이후에는 다시 단군을 모셨다. 인간의 필요에 따라 기원의 대상이 달라졌던 탓이다. 제관도 시대에 따라 달랐다. 신라시대 때는 왕이, 고려시대 때는 국가의 관리가, 조선시대 때는 지방 수령이나 백성이 천제를 지냈다. 구한말 의병장

신돌석이 백마를 제단에 올려 제사를 지냈고, 일제 강점기에는 독립군이 천제를 올리기도 했다. 오늘날 천제단은 무속인들이 치성을 드리는 민간신앙의 성지로 이용되고 있다. 매년 개천절에는 천제가 봉행 된다.

- '연합이매진' 2019년 1월호 -

태백산 천제단을 뒤로하고 돌아섰다. 조금 가다 보니 서 있기조차 힘에 겨운 나무 한 그루가 홀로 서 있었다. 살아서 천 년, 죽어서 천 년을 버틴다는 주목이다. 그런데 나무 속 텅 빈 몸통 부위에는 시멘트가 가득 채워져 있었다. 마치 사람이 시멘트로 깁스한 것처럼 주목의 형상은 바라만 보아도 흉측하다. 멋진 주목의 체면이 완전히 구겨진 모습이었다.

나무가 만약에 인격이란 것이 있다면 자존심에 생채기를 낸 것 같았다. 도대체 천 년을 살아낸 주목에게 백 년도 살지 못할 인간이 이러한 허락은 받았는지 궁금하기만 하다. 채워진 시멘트만큼이나 나의 가슴 속으로 갑갑함이 전해 왔다. 그 주목은 남은 생을 답답하고 쓸쓸히 살아가지 않았을까?

---

*봉행: 제사나 의식 따위를 치름.

만약에 주목이 그동안 살아온 것처럼 자연스럽게 가만히 놓아두었더라면 어땠을까? 막연히 상상해 본다. 하늘을 날아다니던 새들이 잠시 휴식차 깃들 수도 있고, 작은 동물의 피난처가 되어 줄 수도 있고, 곤충들의 놀이터가 되어 주면서 서로서로 행복하게 살았을 것 같다.

우리의 삶도 이와 같지 않을까? 시멘트로 처리한 것 같은 답답한 가슴으로 살아가기보다는 부족하고 나약하기만 한 가슴을 활짝 열어 다양한 친구들이 머물 수 있는 공간을 내어 주고 자연스럽게 이웃과 함께 살아가는 것이 가장 행복한 삶이 아닐까?

주목을 주목하다.

하산길에는 내 키보다 더 높은 고목나무 뿌리가 땅에서 온통 들려진 채 누워 있었다. 고목은 덤덤하게 한 자리를 버텨왔던 모든 뿌리를 드러내며 지나온 긴 세월을 보여주었다. 비가 오나, 눈이 오나, 바람이 부나 항상 서 있었으니 힘들기도 했겠지! 이제는 누워서 편히 쉬고 싶었나 보다. 자연스럽게 쉬고 있는 이 고목에는 수많은 친구가 다녀갈 것 같다. 하늘을 날던 새들, 작은 동물들, 곤충들, 그리고 잠시 쉬어가는 사람들.

• 도래기재-구룡산(1344m)-고직령-곰넘이재-신선봉-천제단-화방재.

• 총 거리 24.2km, 12시간 소요.

• 2007년 11월 18일, 백두대간 종주 스물네 번째 구간이다.

함백산

세상 모든 것은 스스로 균형을 추구한다

산행 초반부터 심한 눈발과 함께 거센 바람이 분다. 이제는 산속에서 이런 분위기도 제법 익숙해졌다. 태백에서 영월로 넘어가는 화방재(936m)에서 출발하여 수리봉을 지나 만항재에 도착했다. 만항재(1330m)는 정선, 영월, 태백의 경계를 이루는 곳으로 탄광개발이 시작될 때 석탄을 운반하기 위해서 낸 길이다.

내 어린 시절엔 연탄을 주로 난방용으로 사용했다. 온기를 잘 유지하려면 빨간 불기운이 남아 있을 때 검은 연탄으로 시간을 잘 맞추어 교체해 주어야 집안이 따뜻할 수 있었다.

매봉산 풍력 발전 단지

　특히 연탄은 겨울철마다 대부분의 가정집에서 난방용으로
사용했던 터라, 연탄가스 중독 사고 소식이 주변에서 종종 들
려 오곤 했다. 심지어 사망 소식까지. 나도 잠을 자다가 연탄가
스를 마신 적이 있다. 새벽녘 정신이 몽롱해졌을 때, 어머니의
눈에 발견된 나는 마땅한 상비약이 없었던 시절인지라 어머니
가 내어 주는 살얼음이 가득한 시원한 동치미 국물을 마셨다.
그러면 시간이 지나면서 괜찮아졌다. 여러 번 어머니의 동치미
국물 치유 경험이 있다. 사실 내 경우는 연탄가스를 마셔서 그

랬던 적도 있지만, 어쩌다 가끔은 꾀병으로 아침마다 학교에 가기가 싫어서 머리가 아프기도 했었다. 그래서 동치미 국물을 마시고 학교에 가지 않았던 추억은 두 경우 다 그랬을 수도 있다.

함백산(1573m)에 도착했다. 아직 날은 어두컴컴하다. 정상에는 더 강력해진 겨울바람과 거친 눈발로 표지석에 잠시 서 있기조차 어렵다. 간신히 사진 한 컷 남기고 재빨리 내려왔다. 서서히 날이 밝아지면서 바람과 눈도 제법 잦아들었다. 은대봉 두문동재를 지나 금대봉에 올랐다. 금대봉(1418.1m)은 한강과 낙동강의 발원봉(發源峯)이다.

멀리 풍력발전기를 바라보면서 한참을 걸었다. 매봉산 풍력발전단지 근처에 도달했을 때는 강한 바람과 함께 날개가 윙윙거리며 커다란 굉음 소리가 계속해서 났다. 혹시나 저렇게 커다란 날개가 머리 위로 떨어지면 어쩌나 하는 불안함으로 쫓기듯 하산하다 보니 낙동정맥 시작점이 나타났다.

한반도의 산맥 체계는 하나의 대간(大幹)과 하나의 정간(正幹), 그리고 13개의 정맥(正脈)으로 이루어졌다. 산과 물이 조화를 이루어야 한다는 사상에서 비롯된 이와 같은 산맥 체계는 대부분 산맥 이름이 강 이름과 밀접한 관계가 있다.

"지혜로운 사람은 산을 좋아하고, 어진 사람은 물을 좋아한다."라고 공자가 말했다.

산맥 체계에서조차 인(仁)과 지(知)를 고려한 우리 선조들의 지혜에 저절로 숙연해진다. 나는 산도 좋아하고 물도 좋아하니, 기왕이면 더 많이 좋아해서 지혜롭고 어진 사람이 될 수도 있겠다. 희망을 품자.

드디어 종착지인 삼수령(920m)에 도착했다. 삼수령에는 오십천, 한강, 낙동강을 따라 각각 동해, 서해, 남해 세 곳으로 흘러가는 물방울을 표현한 조형물이 있었다.

삼수령에서 흘러간 한 방울의 빗물은 각각 세 방향에 따라서 강을 이루고 바다로 흘러 들어가면서 자연스럽게 대자연과 균형을 이루는 상황이 이어진다고 볼 수 있다.

지구상의 모든 존재는 세상 어느 곳에 있던지 각자 다양한 모습으로 지내면서 자연스럽게 스스로 균형을 이루며 살아가는 것이 아닐까? 나도 그동안 살아보니 운이 좋았던 순간도 나빴던 순간도 있었다. 기쁠 때도 슬플 때도 있었고, 세상이 끝난 것처럼 절망스러울 때도 있었다. 하지만 세상만사라는 것이 언젠가는 균형을 이루게 하는 상황들이 생겨나서 내 마음에 평정을 만들어 주기도 했다.

이처럼 '세상 모든 것은 스스로 균형을 추구한다.'라고 말할 수 있겠다.

너무 애쓰지 않아도 자연스럽게 균형을 이루며 살아갈 수 있다고 스스로 위로하면서 살아도 충분히 의미 있는 삶이다.

- 화방재(936m)-수리봉(1214m)-만항재(1330m)-함백산(1573m)-은대봉-두문동재(1268m)-금대봉-비단봉-매봉산-낙동정맥분기점-피재(삼수령)(920m).

- 총 거리 21.5km, 8시간 소요.

- 2007년 12월 2일, 백두대간 종주 스물다섯 번째 구간이다.

덕항산

겉보기의 나와 내 안의 나

백두대간 종주를 하면서 건강과 체력이 눈에 띄게 좋아졌다. 겉보기에 내가 봐도 히말라야 에베레스트까지도 도전할 정도의 단단한 허벅지와 종아리가 만들어졌다.(하하) 너무나 튼튼해진 몸매에 자극을 받아서 조금은 부드러운 모습을 기대하며 오랜만에 옷 가게에 들렀다. 직원이 간절히 한번 입어 보라 권유를 해서 어여쁜 원피스를 입어 보았다. 그런데 이게 웬걸, 불룩한 종아리가 치마와 영 어울리질 않는다.

어쩌다 이렇게 되었을까? 내가 기억하는 몸매는 원피스가 잘 어울리는 체형이었는데. 분명 기대하는 부드러운 모습이 아닌, 산 사나이가 원피스를 입었다고나 할까! 게다가 거울 앞에서 원피스를 입고 뚜벅뚜벅 씩씩하게 걷고 있는 것이 아닌가! 아~ 민망함은 내 몫이었다. 조용히 옷 가게를 나오면서 영혼 없는 목소리로 "다음에 올게요."라는 말을 남기고 스르륵 빠져나왔다. 체력이 너무 과하게 좋아졌나?

산행에는 다양한 준비물이 필요하다. 그중에서도 새로운 간식거리는 긴 산행을 함께하는 동료들에게는 특별한 관심거리이다. 기발하거나, 아주 맛있거나 하면 주위 사람들에게 무조건 인기를 얻을 수 있다. 간식거리를 무엇으로 준비할까 고민하면서 마트에 들렀다. 이번엔 막대 사탕을 준비했다. 학창 시절, 수업을 마치고 집으로 가는 길에 막대 사탕 하나 입에 물고 도착할 즈음 입 안에는 사탕 대신 막대만 남아 있던 추억 한 가지가 생각나서였다.

함께 걷던 경애 선배가 "하나 줘 봐!" 한다. "뭘요?" "막대 사탕!" 한다. (하하하) 냉큼 주었더니 입에 물고서 "기운 난다." 하며 쓱 앞서간다. 도시 생활에서는 느낄 수 없는 정겨움을 산속에서는 아주 쉽게 느낄 수 있다. 도심 속에서는 사탕 하나에 그다지 관심조차 없을 테니 말이다. 오늘 간식거리는 좀 성공할 것 같다.

백두대간 종주 산행 초반에는 대부분 산속을 나란히 줄지어 걸어간다. 그러다 보면 걷기만 해도 마냥 즐겁기만 했던 어린 시절로 돌아간 듯한 착각이 들 때가 많다. 배낭을 메고 나란히 걸어가는 모습 속에서 문득 〈나란히 나란히〉라는 동요 속 가사가 떠오른다.

나란히 나란히

작사 윤석중/작곡 윤극영

나란히 나란히 나란히
밥상 위에 젓가락이 나란히 나란히 나란히
댓돌 위에 신발들이 나란히 나란히 나란히
짐수레의 바퀴들이 나란히 나란히 나란히
학교길에 동무들이 나란히 나란히 나란히
나란히 나란히 나란히

강원도 삼척시 하장면 댓재(810m)에서 백두대간 남진 방향으로 출발했다. 이번 구간은 고도차가 완만하고 숲속 사잇길이 많아서 백두대간 구간 중에서 제법 평탄한 편이다. 그렇지만 약 26km를 꾸준히 걸어야 하는 인내력이 필수인 구간이다. 황

나란히 나란히

장산에 오르고 큰재를 지나 나뭇가지 사이로 멋진 일출을 보았다. 밤의 끝과 낮의 시작을 알리며 말없이 떠오르는 아침 해를 바라보니 아무런 이유 없이 가슴이 설렌다.

자암재와 환선봉을 지나 덕항산에 도착했다. 덕항산(德項山, 1,071m)은 태백 하사미와 삼척 신기면과의 경계에 솟아있는 산이다. 옛날 삼척 사람들이 이 산을 넘어오면 화전(火田)을 할 수 있는 평평한 땅이 많아 덕메기산이라고 하였으나 한자로 표기하면서 덕항산으로 되었다고 한다. 산 전체가 석회암으로 되어 있어 산 아래에는 유명한 환선동굴과 크고 작은 석회동굴이 분포되어 있다. - 안내 표지판 -

햇살이 잘 드는 나무들 사이에 오손도손 모여 앉았다. 준비해 온 도시락을 서로 먼저 먹어보라 한다. 요즘같이 코로나19로 개인별 거리두기가 일상화된 상황에서는 절대 일어날 수 없는 도시락 나눠 먹기! 정말 옛날이야기가 될 것 같기도 하다.

정상석 옆에는 산불 조심 관측대가 놓여 있었다. 주변 나뭇잎들은 바짝 말라서 부딪힐 때마다 사그락사그락 소리가 났다. 불이라도 붙으면 순식간에 타버릴 듯하다. 누구든지 산을 이용하는 사람들은 산불 조심을 특별히 더 해야 할 듯하다. 산은 우리 모두에게 소중하니까.

산불 조심 관측대

구부시령 푯대봉을 지나고 피재(삼수령)를 10시간 만에 도착했다. 산행길이 평탄해서인지 키가 큰 나무숲 아래 작은 나무숲이 시야에 잘 들어왔다. 그래서인지 풀숲에서 봄을 알리는 전령사인 하얀 노루귀꽃 무리가 '나 좀 보소!' 하며 활짝 해맑은 모습으로 반겨 주었다. 오늘은 하루 종일 소풍 나온 기분이었다.

노루귀꽃

　　나는 요즈음 백두대간을 종주하면서 겉모습이 씩씩하게 변한만큼이나 내 안의 속 모양도 많이 달라졌음을 새삼 느낀다. 답답하기만 하고 세상 짐을 혼자 지고 있는 것만 같았던 나 자신이 대자연의 품 안에서 시나브로 어린 시절 동심으로 돌아가 버린다. 막대 사탕 입에 물고 나란히 나란히 걸어가는 나는 완전 무장해제 된 듯하다.

- 피재(삼수령)–건의령–구부시령–덕항산–자암재–큰재–황장산–댓재(남진).

- 총 거리 26.1km, 10시간 소요.

- 2008년 4월 20일, 백두대간 종주 스물여섯 번째 구간이다.

청옥산

짊어진다

백두대간 종주를 시작한 날부터 지금까지 25리터 회색 배낭을 짊어지고 다녔다. 그동안 메고 다녔던 가방이 오늘따라 내 눈에 헤지고 낡은 듯 보인다. 아직은 쓸만한데도 이젠 폼에 관심이 생긴 것이다. '맘에 드는 이쁜 가방을 보러 가자.' 내친김에 등산용품점에 들렀다. 빨간색 배낭이 눈에 확 들어왔다. 그런데 짊어지기에는 다소 무게가 부담이 된다. 25리터 정도가 짊어지기에 딱 좋은데, 배낭이 35리터 1개만 있다고 한다.

"평소에 짊어질 수 있는 무게는 어느 정도였나요?"

물욕으로 가득찬 빨간색 등산 가방

배낭에 욕심이 생겨서 나도 모르게
"35리터 정도는 짊어질 수 있어요!"라고 대답했다.

'무게가 좀 버겁기는 하지만, 적게 넣고 다니면 되지 뭐!' 그
렇게 맘에 쏘옥 드는 이쁜 등산 가방을 흔쾌히 구매했다.

오랜만에 산뜻한 빨간색 등산 가방을 짊어졌다. 짐을 싸면
서 25리터 정도 들어갈 만큼 적게 넣어야 했다. 하지만 조금씩
한 개만 더하다가 어느덧 35리터 가방이 가득 차게 되었다. 제
법 묵직하다. 그러나 산행 초반에 재빨리 빼내어 동반자들과
나눠 먹으면 해결될 일이다. 넉넉하게 준비해서 나눠 먹을 생각
을 하니 그 재미도 괜찮을 것 같았다.

강원도 삼척시 하장면 댓재에서 출발했다. 4월 초순인데도 겨울눈은 아직도 그대로 남아 있었다. 두타산과 청옥산이 힘들고 까다롭다는 이야기는 익히 들은 바여서 '그래! 힘든 게 당연하지'라고 생각하며 산을 오르기 시작했다. 두타산(1352m)에 도착했다. '두타(頭陀)'란 불교 용어로 '번뇌의 티끌을 떨어 없애 의식주에 탐착하지 않으며 청정하게 불도를 닦는 일, 또는 산과 들로 다니면서 온갖 괴로움을 무릅쓰고 불도를 닦는 일'이라는 사전적 의미가 있다. 그런데 우연의 일치인지 두타의 의미가 오늘 신행하는 나의 상황과 딱 맞아떨어졌다.

산행이 시작되고 얼마 지나지 않아 새로 구입한 뻑뻑한 등산 가방은 나의 어깨를 산행 초반부터 짓누르기 시작했다. 나의 어리석은 물욕에 가득 찬 선택에 대한 결과를 바로 깨닫게 하는 순간이었다. 쓸모 있는 가방을 뒤로하고 굳이 외면에 관심을 두기 시작한 것이 화근이었다. 약 30km 산행 내내 짊어지기엔 부담스러운 가방 무게로 인하여 온갖 괴로움을 무릅쓰고 고행의 길을 걸어야만 했기 때문이다.

감당하기 쉽지 않은 무거운 배낭을 짊어지고 속도를 낼 수 없었다. 당연히 맨 후미로 뒤처졌다. 계획하기로는 산행 초반에 배낭 안에 들어 있는 먹을 것을 나눠 먹으며 무게를 줄일 생각이었다. 그런데 장거리 산행에 대한 부담이 있어서인지 모두 빠르게 앞서가는 바람에 결국 가방의 무게는 고스란히 남겨진 채 나눔의 기회마저 놓치게 되었다.

그나마 다행인 것은 후미에 남은 두 명과 함께 이동하게 되었다. 그러나 아무리 먹어도 배낭의 무게는 결코 가벼워지지 않았다. 그날 이후 이쁜 빨간색 등산 가방은 백두대간 산행이 끝날 때까지 나오지 않았다.(헐~)

한반도의 등줄기 백두대간의 주 능선상에 자리 잡은 두타산과 청옥산·고적대를 '해동삼봉'이라 일컫는다. 백두대간이 동해안을 따라 뻗어 내려오다가 태백산에 이르기 전에 동해를 향해 크게 한 번 용트림하며 솟구친 것이 강원 남부권의 삼봉이다. 두타와 청옥 사이에 무릉계가 있다. 두타는 날렵하지만, 청옥은 완만하고 묵직하다.

－ 강원도민일보(http://www.kado.net) －

청옥산은 태백산맥의 줄기인 해안산맥에 속하는 산으로 북쪽에 고적대, 북서쪽에 중봉산(1284m), 동남쪽에 두타산이 이어져 있다. 삼척시 하장면과 동해시 삼화동 경계에 위치해 있으며, 고적대와 두타산 사이에 있다. 청옥산·두타산·쉼움산으로 연결되는 산맥을 햇대등이라 한다. 횟대처럼 생겼다고 해서 유래된 이름인데 햇대라 발음한다. 햇대등에서는 청옥이라는 약초가 많이 자생하고 있어 청옥산이라 했다고 전해진다.

– 강원도민일보(http://www.kado.net) –

이기령의 원래 이름은 '더바지'로, '힘들다'라는 의미로 지역 주민들에게 불리웠다고 한다. '두타'와 '더바지'는 빨간색 등산 가방과 함께 나에게는 잊지 못할 산 이름이 되었다. 나의 선택으로 짊어진 배낭이 처음부터 마지막까지 고통스럽게 했다. 아니다. 나의 헛된 욕심이 산행 내내 죽도록 힘들게 한 것이다. 번뇌의 짐을 내려놓고 또 내려놓고, 물욕을 내려놓고 또 내려놓고, 그렇게 가야 하는 것이 아마도 좀 더 가볍고 편안한 인생길인가 보다.

- 댓재–두타산(1352m)–청옥산(1403m)–고적대(1353m)–이기령–상월산–백봉령.

- 총 거리 29.1km, 13시간 소요.

- 2008년 4월 5일, 백두대간 종주 스물일곱 번째 구간이다.

석병산

살모사와 눈싸움

"앗! 뱀이다. 뱀이 나타났다."

석병산을 지나 작은 오솔길에서 드디어 대결이 시작되었다.
언젠가는 만날 줄 알았다.
살모사였다.
똬리를 틀고 고개를 쳐들어 입을 살짝 벌리고 격한 공격 자
세를 취했다.

나 역시 잔뜩 긴장한 채 스틱을 꼭 부여잡고 '눈에는 눈' 하

는 심정으로 째려보았다.

속으로는 심하게 떨면서 재빨리 살모사가 도망치기를 바랐다.

1단계, 기선제압으로 눈을 부릅뜬다.

2단계, 서로 눈으로 힘겨루기를 한다.

3단계, 서로 움직이지 않는다.

4단계, 버틴다.

이제부터는 시간과의 싸움이다.

양쪽 다 꼼짝조차 하지 않는다.

뱀은 한 마리.

우리는 열 마리, 아니 열 명이다.

그런데 수적으로 많은 우리가 웅성웅성 더 떨고 있는 듯하다.

맨 앞에 있던 용감한 박철 씨가 우리 세력의 엉성한 무너짐을 눈치챘는지 지니고 있던 스틱으로 과감하게 뱀을 집어 숲속으로 휙 던졌다.

우리 모두 다 같이 함성을 질렀다.

"우와~ 큰일 날 뻔했다. 살모사에 물려 죽을 뻔했네."

작은 살모사 한 마리의 위력이 대단했다. 성인 남녀 열 명을 모두 긴장하게 만들었으니 말이다.

작은 오솔길 풀숲에서 처음 만난 결코 잊을 수 없는 살모사와의 첫 번째 눈싸움이었다.

근무지가 산속에 있는 덕분에 요즘엔 점심시간에 뒷산을 산책하곤 한다. 여름에는 어김없이 뱀이 등장한다. 사람들은 뱀을 만나면 대부분 소스라치게 놀란다. 어떤 사람은 뱀 이야기만 꺼내도 소리를 지르고 몸서리를 친다. 안 좋은 추억이 있어서인가? 오늘은 산책 중에 눈앞에 아주 작은 새끼 뱀 한 마리가 나타났다. 함께 걷던 동료 직원에게 뒷사람들이 오면 우리처럼 놀랄 수 있으니 숲속으로 옮겨 주길 부탁했다. 그는 주변에 있던 작은 나뭇가지로 새끼 뱀을 옮기려고 했으나 뱀은 꼼짝하지 않고 오히려 땅바닥에 찰싹 붙어서 요지부동이다. 포기하고 그만 가자고 한다. 혹시나 하는 생각에 이

뱀이다.~~~

번엔 내가 나서보았다. 나뭇가지를 잡았다. 뱀에게 다가갔다. 그리고 말을 걸었다.

"여기 있으면 사람들에게 밟혀서 죽을 수도 있어. 그러니 숲 속으로 들어가렴."

그랬더니 슬금슬금 새끼 뱀이 움직이기 시작했다. 나뭇가지로 새끼 뱀에게 숲속 도망길을 알려 주며 톡톡 소리를 내어 안내해 주었더니 안전하게 숲속으로 들어갔다. 뱀이 내 말을 알아듣다니 똑똑한 뱀임에 틀림이 없다.(하하) 자기를 해치지 않으리라는 것을 본능적으로 알아차린 것 같았다.

뱀과의 두 번째 만남은 첫 번째 만남과는 사뭇 다른 대응방법이었다. 무엇이 나를 이렇게 만들었을까? 단순히 뱀을 한 번 만나보았던 경험 때문만은 아니다. 백두대간 종주를 하면서 우연히 마주쳤던 수많은 나무, 동물, 새, 풀잎, 바위 등을 통하여 나에게는 '적대감이 아닌 공존감'이 저절로 생겨난 듯하다.

강원도 정선군 임계면 백봉령에서 출발했다. 자병산에서 생계령까지는 카르스트지형으로 되어 있었다. 카르스트 지형은 고생대의 조선계 지층에 분포하는 석회암의 주성분인 탄산칼슘이 빗물과 지하수(이산화탄소를 함유한 물)의 작용으로 화학적 변화를 일으켜 물에 용해됨(용식)에 따라 암석이나 지층이 침식되는 일종의 화학적 풍화작용이다. 카르스트 지형의 가장 특징적인 것은 지하에 하천이 흐르고 있다는 점이며, 때때로 대규모의 석회암동굴(예: 종유동)과 표면에 돌리내라고 불리는 원형의 와지(움푹패어 웅덩이가 된 땅)가 형성된다는 것이다. 강원도의 삼척, 정선, 영월과 충북 단양 등지에 발달되어 있다.

– 안내 표지판 –

생계령과 고병이재(골뱅이재)를 지나 석병산에 도착했다. 석병산은 정선군 임계면 직원리와 옥계면 산계리 사이에 위치해 있으며, 높이는 1,055m이다. 두리봉 동남쪽을 시작으로 산 전체가 돌로 쌓여 있어 바위가 마치 병풍을 두른 것 같다. 석병산(石屛山)이라는 이름도 여기에서 유래한다. 백두대간의 웅장함과 화려함이 겸비된 산으로 산 정상에서 동쪽으로 내려가면 절골, 황지미골을 만날 수 있다. 특히 석병산에는 바위 한가운데에 둥근 구멍이 뚫린 일월문(日月門)과 온 산을 불붙인 것 같은 철쭉꽃 군락지가 있다.

– 안내 표지판 –

두리봉을 지나 강원도 강릉시 왕산면 삽달령으로 하산했다.
오늘은 동해바다에서 건져 올린 신선한 횟감으로 점심이 준비
되어 있었다. 산으로 산으로만 다니던 산꾼들이 바다로 점심을
먹으러 간다니 다들 설렘으로 발걸음이 빨라졌다.

- 백봉령(710m)–자병산–군대–생계령(640m)–석병산/일월봉(1,0553m)–
  두리봉(1,033m)–삽당령(680m).

- 총 거리 18.5km, 약 7시간 소요.

- 2008년 5월 17일, 백두대간 종주 스물여덟 번째 구간이다.

석두봉

모든 것은 생각하기 나름

신규 임용자들에 대한 교육 중에 오늘은 신입 연수생들과 대화를 나눴다. 어려운 공무원 취업 준비 끝에 산림청이라는 직장에 첫발을 내딛고 긴장하고 있는 후배 연수생들을 보니 오히려 내가 더 마음이 설렌다.

그동안 몸담고 있던 직장에서 떠날 날이 얼마 안 남았는데, 지금 막 입사한 후배들이 남은 날들은 내가 지나온 세월만큼이나 남아 있다. 후배들에게 표현은 안 했지만, 은근히 톡톡 튀는 젊음이 부러웠다. 나도 한때는 그 시절을 분명 누려도 봤는데 말이다.(허허)

여름의 싱그러운 아침

　29세인 한 후배가 이런 말을 한다. 3년 전만 해도 스스로 텐션이 정말 좋았는데, 요즈음 결혼은 생각도 없고 이제는 새삼 나이가 많이 들었음을 느낀다며 25세 동기생들을 부러워했다. 35세인 또 다른 후배는 이런 말을 남겼다.

　"직장을 잡았으니 지금부터는 결혼을 준비해 보려고 해요. 2~3년 연애를 해서 늦어도 40세에는 결혼을 해보려고 합니다."

'그래 모든 것은 생각하기 나름이지!'

물론 나도 은퇴 후에는 먼저 퇴직한 선배들이 "그 나이면 나는 날아다니겠다."라고 하며 역시나 새까만 후배로 대하겠지!

강원도 강릉시 왕산면 송현리와 목계리를 이어주는 삽당령 (680m)에서 출발했다. 등산로를 따라 오르막과 내리막길은 대체로 완만해서 산행하기가 수월했다. 새잎이 한창 돋아난 활엽수림과 산죽의 어울림은 숲 전체가 초록초록 싱그러움으로 가득 찼다. 초여름 깊은 산 속에 들어오는 맛이 바로 이런 맛이지! 강원도의 산은 모두 험난할 것이라고 생각했는데, 보너스를 받은 기분이랄까? 자연은 항상 옳다. 물론 재난이나 재해의 두려움에 떨게 할 때는 가끔 아니다.

오르막도 그다지 힘들지 않고 석두봉(982m)에 도착했다. 이어지는 화란봉(1069m)으로 향하는 능선은 완만하고 험난한 바위도 없어서 무난하게 도착할 수 있었다. 닭목재(700m), 그리고 고랭지 밭을 지나 고루포기산(1238m) 도착 후 능경봉(1123m)을 지나 대관령(840m)으로 하산했다.

백두대간 종주를 처음 시작했던 일행 중에는 눈에 띄지 않는 사람들이 제법 늘어났다. 중도 하차하기도 하고, 사실 모든 일정 중에 우선순위를 백두대간 종주에 두어도 절대 쉬운 일이 아니다. 맥이 좀 빠졌다고 할까? 장기간 뭔가를 이루어 내기 위해서는 중간쯤에 다시 힘을 내야 할 필요가 있다. 그렇지만 처음 힘을 내는 것 이상으로 중간에 힘을 낸다는 것 또한 어려운 일이다. 하고 싶었고 할 수 있어서 좋았던 백두대간 종주였는데, 이제는 반복되는 산행이 더 이상 즐겁지 않고 그냥 주어진 구간에 영혼 없이 끝냈다는 기분만 남기 때문이다. 이러한 매너리즘에 빠져서 최선은 다한 것 같으나 행복감이나 자아실현은 상상조차 할 수 없는 것이 되고 있었다.

백두대간 구간을 반 이상 지나면서 조금씩 초심을 잃어가고 있었다. 편안한 산행이라고 짐작해서인지 긴장감도 사라지고, 산행을 준비하면서도 다음 구간은 어떤 모습일까? 궁금해하는 모습조차 사라졌다. 초심을 완전히 잃었다. 인생살이도 이와 같은 모습으로 살아간다면 정말 큰일이다. 다 왔다고 느낄 때가 가장 위험한 순간이다. 긴장을 늦출 때가 긴장을 더 힘 있게 해야 할 때다.

가지런히 농사 준비를 마친 듯

　이런저런 생각을 하다가 갑자기 정신이 번쩍 들었다. 신이 나에게 주신 시간은 한정되어 있어서 항상 기회가 오지 않을 것이라는 사실을 잊고 있었다. 지나온 시간은 되돌릴 수 없기 때문이다. 과거를 돌아보며 후회만 하면서 살 수는 없는 일이다.

　'무슨 일을 하든지, 누구를 만나든지 이 세상에서 내가 존재하는 마지막 순간이다.'를 생생하게 느끼며 살고 싶다.

신입 후배들의 젊음을 부러워하면서도 제정신이 든 나는 나 자신과 이런 대화를 나눌 수 있었다. 나도 한때는 젊어 봤다. 모든 일에 시작이라는 것도 경험해 보았고, 그러한 경험을 통해 매너리즘에도 빠져 보았고, 극복도 해보았다. 그리고 지금도 하고 싶은 일들에 처음을 경험하고 있다. 물론 매너리즘에 또 빠져들겠지. 그리고 또 극복해 내며 내 삶을 살아가겠지....

- 삽당령(680m)-석두봉(982m)-화란봉(1069m)-닭목재(700m)-고루포기산(1238m)-능경봉(1123m)-대관령(840m).

- 총 거리 25.5km, 11시간 소요.

- 2008년 6월 7일, 백두대간 종주 스물아홉 번째 구간이다.

노인봉

아침 햇살처럼, 저녁노을처럼

많은 비가 내리고 있다. 만사 귀차니즘이 발동하여 병원에 갈까 말까 한동안 망설였다. 시간이 지날수록 목과 허리 부분에 통증이 점점 심해졌다. 바쁜 업무를 처리한다고 무리한 결과였다. 결국 참다못해 아픈 몸을 이끌고 병원으로 향했다. 병원에는 환자들로 북적댔다. 의사의 처방은 꾸준히 치료를 받아야 한다고 한다. '꾸준히는 언제까지 받아야 한다는 말인가?' 몸이 아프니 언제까지 명확한 표현을 하지 않는 의사의 말에도 마음이 불편하다.

날씨도 궂은데 병원에는 노인 환자들이 많았다. 의사는 날씨가 흐리고, 비나 눈이라도 내리는 날이면 노인 환자들이 더 심하게 통증을 느낀다고 한다. 그래서 '비가 내리는 오늘 같은 날에 유난히 노인들이 많았구나! 나도 나이가 들어가는 것인가? 오늘 통증이 그래서 더 심했던 건가?'

온몸 여기저기서 통증이 여행 중이다. 목이 잘 돌아가지 않더니 어깨도 결리고 허리와 다리까지 저려 왔다. 바쁘게 지내오면서 나이는 숫자일 뿐 잊고 살았는데, 갑자기 아프고 보니 나이 듦을 더 절실하게 깨닫게 된다.

'통즉불통 불통즉통(通卽不痛 不通卽痛). 통하면 아프지 않고 통하지 않으면 아프다.'

침술학에서 주로 사용하는 말이다. 온몸에 기가 막히고 혈이 원활하게 순환하지 못하면 몸의 여기저기가 아프다. 젊었을 때는 몰랐다. 몸이 굳어진다는 것을 느낄 수 없었으니까. 오랫동안 아프다 보니 아무런 이유 없이 마음도 약해진다. 속도 좁게 변해간다. 나이가 들어가며 아프게 되면서 쪼잔해지는 것은 순식간이다. 어린 시절에는 뛰다가 넘어지면 누가 나를 일으켜 줄 때까지 슬프게 목놓아 울기라도 했는데, 이제는 쓰러지면 창피해서 벌떡 일어난다. 그런데 정말 더 슬픈 것은 쓰러져도 아

대관령

무도 일으켜 세워주지 않을까 그게 더 겁이 나기도 한다. '많이 쪼잔해진 탓일까?' 요즘 한동안 아파보니 그동안 아프지 않았던 것에 오히려 진심으로 감사하다.

강원도 평창군 대관령면 횡계리 대관령에서 출발하였다. 시야가 넓게 보이는 초원이 펼쳐져 있었다. 그만큼 오르막 내리막이 없어서 산행이 조금은 수월할 수도 있겠다 싶었다.

이번 산행에는 유난히 연장자들이 많았다. 산행 시간도 비교적 짧고, 산행길도 그다지 험난하지 않았다. 연세가 있으신 분들은 백두대간 구간에 동행한다는 자부심을 뿜뿜 내면서 아직까지도 건재하다는 노익장을 과시하러 나온 듯하다. 저마다 추억담을 주고받으며 '그때는 말이야! 내가 그랬었지.' 하하 호호 산행 내내 이야기가 끊이지 않았다.

확 트인 주변 경관도 볼 만하고, 바닷바람과 풍력기의 천천히 돌아가는 모습과 함께 대체로 여유로운 산행길이었다. 노인봉(老人峰) 표지석에는 앞면은 한자로, 뒷면은 한글로 친절하게 표시되어 있었다. 약 8시간 산행을 마치고 평창군 대관령면 병내리 진고개 휴게소로 하산했다.

일출 장관 전망대에서 바라본 일출 모습도 멋있었지만, 이번 구간이 노인봉이어서인지 천천히 스며드는 저녁노을이 보고 싶어졌다. 그렇지만 일정상 돌아오는 버스 안에서 잠시 비추고 가는 노을만 보았을 뿐이다.

지금까지 보아왔던 중 가장 인상 깊었던 노을은 예전에 다녀왔던 네팔 포카라에 있는 페와 호수에서였다. 저녁 무렵 만

일출 전망대에서

나본 호수는 히말라야 설산이 360도 병풍처럼 휘돌아 있었다. 그런 가운데 노을은 호수의 잔잔한 물결과 함께 오래도록 부드럽고 잔잔한 미소를 장착한 채 핑크빛 마음의 인사를 한동안 나누었다. 내가 만난 저녁노을은 온갖 세상 구경을 마친 후 여유로운 휴식과 함께 자신이 지니고 있던 화사한 모든 것을 서서히 토해내고 있었다.

한편, 내가 가장 인상 깊게 만나본 해돋이는 설악산 대청봉에서였다. 추운 겨울 강풍과 맞서서 일출을 기다리고 있는데, 아주 작은 동그라미가 붉은색 옷을 입고 봉긋봉긋 나올 듯 말 듯 한참을 애태우더니 마치 계란의 노른자가 흰자와 순간 이별을 고하듯 톡하고 솟아오르자 차마 두 눈을 뜨고는 바라볼 수 없는 세찬 강력한 빛을 발하며 장엄함과 씩씩함을 순식간에 떨쳤다. 말할 것도 없이 젊음의 패기가 강렬하게 느껴졌었다.

대자연 속에서 해 지는 저녁노을과 해 뜨는 일출을 기억하면서 이 둘 중 어느 것이 더 낫다고 할 수 있을까? 둘 다 낫다. 이 둘은 비교 대상이 아니다. 나는 그렇게 생각한다. 시작의 아침과 마치는 저녁이 있어야 하루가 존재하며 삶도 존재한다. 노인봉을 추억하면서 새삼스레 나 자신도 자연과 함께 세월을 보내고 있음을 실감하게 된다.

아침 해와 같은 젊은이와 저녁노을 같은 노인의 조화가 어떻게 이루어져야 가장 멋진 인생이 그려질까 상상해 본다. 젊은 시절의 나와 노인이 되어서의 나 자신이 아주 자연스럽게 받아들여졌을 미래의 모습을 그려본다. 더 나아가 모두 다양한 위치에서 젊은이와 노인의 자연스러운 인생살이도 그려본다. 아침 햇살처럼, 저녁노을처럼 공존하며 하루를 마감하는 대자연 같은 모습 말이다.

- 대관령(832m)−선자령(1157m)−매봉(1173.4m)−소황병산(1328m)−노인봉 (1328m)−진고개(970m).

- 총 거리 25.8km, 약 8시간 소요.

- 2007년 11월 4일, 백두대간 종주 서른 번째 구간이다.

동대산

닫혔던 백두대간 길에 열린 기도문

아레네인들의 기도: "사랑하는 제우스 신이시여, 아레
네인들의 경작지와 그들의 목초지에 제발 비를 내려 주
소서." 기도는 아예 하지 말든가, 아니면 이렇게 단순하
고 솔직하게 하라.

– 마르쿠스 아우렐리우스 명상록에서 –

'올해 안에 백두대간 미완성 종주 구간을 완주할 수 있게 해
주세요.'라고 기도했다.

2006년도에 시작해서 아직까지 완주하지 못한 구간이 4개 구간이다. 2008년 7월에 향로봉에서 산악인의 선서를 하면서 다짐했었다. 끝내지 않은 4개 구간을 완성하여 시작했던 초심과 완성 후 나의 마음을 꼭 반드시 느껴보리라. 그런데 그렇게 다짐했지만, 산행 일정을 잡는 것이 이렇게 힘들 줄이야. 그동안 어떻게 백두대간 종주를 진행해 왔는지 믿기지 않을 뿐이다.

그렇지만 하고자 하는 마음이 절실했더니, 오늘에서야 드디어 미완성 동대산 구간에 첫발을 디딜 수 있었다.

강원도 평창군 대관령면 병내리 진고개(970m)에서 출발했다. 동대산(1433m)까지는 경사가 가파른 산길을 한 시간 정도 올랐다. 정상은 아직은 어두운 새벽이고, 나무가 빽빽이 둘러있어서 좋은 전망을 볼 수 없었다. 동대산 이후로는 제법 여유로운 산길로 육산이 대부분인 흙길에 평탄한 전형적인 능선길이었다.

동대산과 두로봉 사이에는 차돌백이(1230m)가 있었다. 그런데 육산에 왠 차돌백이가 있을까? 내 키보다 더 크고 하얀 돌덩이가 이색적이다. 아마도 백두대간 종주 길에 이렇게 커다랗고 하얀 돌덩이는 여기만 존재하는 것 같다.

차돌백이(1,230m)는 동대산과 두로봉 사이 능선부에 발달한 석영 암맥으로 희고 두터운 차돌(석영)이 박혀있다고 해서 붙여

하얀 돌덩이 차돌백이

진 이름이다. 차돌백이 석영 암맥은 중생대 쥐라기(약 1억 8,000만 년 전~1억 3,500만년 전)에 마그마가 기반암을 관입하여 형성되었고, 이후 지표면과 기반암이 지속적으로 풍화를 받아 제거되면서 현재와 같은 모습을 갖추게 되었다. 그 이유는 차돌백이를 이 루는 석영이라는 광물은 조직이 치밀하여 주변의 암석보다 풍 화작용에 대한 저항도 크기 때문이다.

– 오대산 국립공원 사무소 –

동대산에서 두로봉(1421m)을 지나서 만월봉 사이에 있는 신배령(1173m)에 도착했다. 옛날 신배령에는 배나무가 많이 있었다고 한다. 배의 맛이 신맛이 많이 나서 신배령이라는 이름을 얻었다고 한다. 신배령은 강릉시 연곡면 삼산3리와 홍천군 내면 명개리 사이에 있는 큰 고개로, 이름이 불렸을 당시에는 상당히 큰길로 생각되나 지금은 자취는 간 곳 없고 잡목과 잡초만 무성하다.

만월봉(1280m)에 도착했다. 약 200년 전 어느 시인이 이 봉을 바라보고 시를 읊었는데, 바다에 솟은 달이 온 산에 비침으로 만월(滿月)이 가득하다 해서 만월봉이라 이름 붙여졌다.

응복산과 약수산을 지나 구룡령으로 하산했다. 구룡령(1013m)은 북으로 설악산과 남으로 오대산에 이어지는 강원도의 영동(양양군)과 영서(홍천군)를 가르는 분수령이다. 구룡령은 일만 골짜기와 일천 봉우리가 일백이십여 리 구절양장 고갯길을 이룬 곳으로 마치 아홉 마리 용이 서린 기상을 보이는 곳이다.

– 산림청 표지석 –

오늘 산행에서는 이렇다 할 특별한 전망 없이 1000고지에

구룡령

서 1400고지를 오르락내리락하며 약 10시간 산행을 했다. 하지만 오랜만에 찾은 백두대간길은 나에게 새로운 힘과 희망을 안겨주기에 충분했다. 막혔던 숨이 쉬어지는 것 같았다.

2008년 7월, 향로봉을 끝으로 오늘 동대산에 다시 오르기까지는 꼬박 10개월이나 걸렸다. 그날 향로봉에서 '백두대간 종주 완성 후 나의 마음을 꼭 반드시 느껴 보리라.'한 다짐은 '내가 종주를 완성하겠다.'라는 선언이었다.

　　사실 그동안 지나온 종주 산행길은 나 홀로 지나온 길이 아니었다. 체력도 약했고, 길도 잘 모른 데다 주말마다 시간을 내기도 어려웠다. 그리고 산행 중 온갖 위험한 상황에서도 정말 머리털 하나 상함 없이, 어떠한 사고도 하나 없이 33개 구간을 통과했었다. 그 한가운데에는 하나님의 도우심이 항상 계셨고, 나 또한 산행 전이나, 산행 중이나, 산행 후에도 항상 감사하면서 지나온 33개 구간이었다.

　　그런데 그 모든 것을 잊어버리고 한 손으로 셀 수 있는 4개의 구간 정도는 '내가 완성할 수 있다.'라는 자만심이 내 마음속에 크게 자리 잡고 있었던 것이다. 이후 아무리 산행 일정을 잡아도 취소가 되고, 또 일정을 잡으면 긴박하고 중요한 일들이 항상 앞섰다. '어떻게 되겠지. 설마 4개 구간을 못 하겠어? 지난 33개 구간도 해냈는데.' 그런 생각으로만 10개월을 보냈다.

　　곰곰이 생각해보았다.

'그렇구나, 순서가 바뀌었구나. 매사가 내가 먼저가 아닌 주님이 먼저였는데!'

'주님! 올해 안에 백두대간 미완성 종주 구간을 완주할 수 있게 해주세요.'라고 기도했다.

내 힘으로 계속 고집하고 있었다면 아직도 백두대간 길이 열리지 않았을 수도 있다. 이제 미완성 3개 구간(점봉산, 황철봉, 도솔봉) 남았다. 기도에 응답해 주신 하나님께 감사하고, 앞으로 남은 구간에도 주님이 먼저 준비하여 주실 것을 믿는다.

- 진고개(970m)−동대산(1433m)−두로봉(1421m)−신배령(1173m)−만월봉(1280m)−응복산(1359m)−약수산(1306m)−구룡령(1013m).

- 총 거리 22km, 10시간 소요.
- 2009년 5월 24일, 백두대간 종주 서른한 번째 구간이다.

갈전곡봉

미루지 말고 오늘을 살아라

베란다에서 키우는 고무나무가 해가 지날수록 고공 행진 중이다. 물만 주어도 잘 자라주는 나무에게 고마워하며 지내고 있었다. 그런데 더 이상 두었다가는 위층까지 올라갈 추세다. 윗부분을 잘라 주어야 하는데 혹시나 잘 못 잘라서 죽으면 어떡하지! 하는 조바심에 몇 년을 미루고 있던 터였다. 오늘은 용기를 내서 윗부분 가지를 숭덩 잘랐다. 가슴이 철렁 내려앉았다. 내 몸통을 잘라내는 것 같았다. '살 수 있을까?' 걱정도 앞서고, 잘라 놓으니 어째 더 모양마저도 볼품없게 되어버렸다. 그런데 요즈음 고무나무 가지 이쪽저쪽에 잎들이 삐죽삐죽 나오기 시작

옛길

하면서 훨씬 풍성해지고 안정적인 모양을 갖추고 있다.

'진작에 미루지 말고 잘라 줄걸!'

고무나무에서 식물의 잘라 주기 묘미를 알아낸 후로는 베란다에 있는 화초들에게 적당한 시기를 미루지 않고 덜어내기를 해주면서 힘 조절을 하고 있다. 매사에 두려움도 많고 게으르기도 한 나에게 이제는 미루지 않는 생활 태도와 함께 신기술이 생긴 셈이다.

새해 첫 주말을 이용하여 백두대간 갈전곡봉 구간 산행에 나섰다. 제법 날씨가 혹독하게 추웠다. 백두대간 종주 중 세 번째 겨울을 보내는 중이다. 유독 추위를 많이 타는 나는 산에서 겨울을 맞이하면 착용해야 할 것들이 많다. 양말도 두 켤레, 장갑도 두 켤레, 모자도 두 개, 속옷과 티셔츠 외에도 내피와 외피를 장착해야 어느 정도 추위를 견디면서 산행을 이어 나갈 수 있었다. 이중 삼중으로 겹겹이 둘러싸인 모습과 산에서 데굴데굴 굴러다닐 듯한 모습을 상상해 보시라! 순전히 추워서이다. 멧돼지를 만나도 굴러서 도망칠 수 있을 것 같다.

　구룡령에서부터 산행이 시작되었다. 산행길은 완만하게 시작하여 비교적 양호한 편이다. 갈전곡봉 정상에 도착했다. 정상은 양쪽 능선으로 이어져 있어 조심해야 한다. 갈전곡봉에서는 우측 내리막으로 내려오면 왕승골 삼거리까지 연결된다. 왕승골 삼거리에서 직진하다가 오르막으로 조릿대 군락지를 따라가다 보면 헬기장이 나타난다. 야영지 샘터를 지나 쇠나드리에 도착했다.

　잠시 간식과 물을 마시는 휴식 시간이 생겼다. 인천에 사는 왕언니는 산행 때마다 강화도 순무를 가져왔다. 산에서 먹는

산죽 길 속으로

순무 맛은 시원하면서도 갈증마저 해결해 주어서 항상 인기 품
목이었다. 오늘도 여지없이 등산 가방에서 순무를 말없이 스윽
내놓는다.

　말이 나온 김에 왕언니 이야기를 해야겠다. 그 당시 왕언니
나이는 61세였다. 우리 일행 중에는 최고령이었다. 스틱도 잡지
않고 산행을 할 정도로 다리가 튼튼했다. 산행길에 돌이나 나
뭇가지들이 떨어져 있으면 뒷사람을 위하여 항상 치워 놓고 길
을 나섰다. 묵묵히 말수도 적었다. 심지어 다들 "아이고 힘들어
죽겠다." 이구동성으로 말하면 뭘 이 정도로 그러냐며 재빨리

앞서갔다. 그러면 우리 같은 젊은이들은 말없이 뒤를 따랐다.

돌이켜 보면 왕언니도 그땐 정말 힘이 많이 들었을 텐데, 의연한 모습으로 험난했던 산행길을 끝까지 견뎌냈다. 그것으로 미루어 볼 때 그녀의 인생 중에 가장 젊은 날을 최선을 다해서 미루지 않고 잘 살아낸 것 같다.

지금도 여전히 어떠냐고 물어보면 "나는 괜찮다."가 정해진 답변이다. 내 주변에는 멋진 사람들이 참 많은 것 같다. 이제는 나도 누가 어떠냐고 물어보면 "괜찮아!" "좋아!" "아주 좋아!"라고 답하고 싶다.

요즈음 체력이 점점 약해지는 것 같다. 운동한 것은 저축이 없다는 말이 있다. 특히나 운동은 규칙적으로 꾸준히 해야 건강관리가 잘 유지될 수 있다는 것을 알면서도 자꾸 미루게 된다. 미루지 말고 오늘을 잘 살아야겠다. 꾸준히 열심히 운동하자!

원래의 조침령은 쇠나들이로 내려가는 삼거리를 지나 습지에 억새풀이 가득한 소로길이 원래의 조침령이었다. 현재의 조침령은 길이 아닌 곳에 새로 길을 개설하고 조침령이라 하였다. 조침령(鳥寢嶺)은 또한 새가 산이 높고 험하여 하루에 넘지 못하고 잠을 자고 넘었다고 하여 유래된 지명이라고 전해지기도 한다.

전설에 의하면, 쇠나드리에는 세 군데로부터 물이 합쳐지는 곳에 다리가 있었고, 그 다리를 건너려면 바람이 세게 불어 사람이 날아들어 간다고 하여 세나들이 또는 쇠나들이라 불렸다고 한다. 하루에 넘어가기도 험한 산에서 세찬 바람과 맞서서 조침령을 넘나들었을 서민의 애환이 가슴에 와 닿는다. 쇠나드리에서 조침령으로 하산했다.

• 구룡령(1013m)-갈전곡봉(1204m)-야영터-1063봉-헬기장(1061m)-762.5봉-쇠나드리-조침령.

• 총 거리 19km, 8시간 소요.

• 2008년 1월 6일, 백두대간 종주 서른두 번째 구간이다.

점봉산

시간이 약이다

니체가 말하는 '아모르 파티', 즉 '운명애(運命愛)'는 자신의 삶에서 일어나는 고난과 어려움까지도 받아들이는 적극적인 방식의 삶의 태도를 의미한다.

'모든 치료에는 시간이 약이다.'라는 말이 맞았다. 어느 정도 세월이 흐르고 나니 이별의 감정도 숙성되고, 그만큼 상처도 무뎌지고 다시 미래를 바라볼 수 있는 마음이 생겨났다. 정신을 차려보니 방황했던 허송세월이 좀 아쉽기만 하다.

세월의 흔적

가수 김연자 씨가 밝은 목소리로 부르는 〈아모르 파티〉 노래가 들려 오면 나는 장소 불문하고 귀를 쫑긋하여 듣는다.

이 노래가 좀 더 일찍 발표됐더라면 시간을 좀 더 낭비하지 않을 수 있었을까?

산다는 게 다 그런 거지 누구나 빈손으로 와
소설 같은 한 편의 얘기들을 세상에 뿌리며 살지
자신에게 실망하지마 모든 걸 잘할 순 없어
오늘보다 더 나은 내일이면 돼
인생은 지금이야
아모르 파티
아모르 파티

자연만 인간에게 약이 되어 주는 줄 알았더니 시간도 약이 되어 찾아왔다. 그러나 기왕이면 약 처방을 받고 빠른 회복을 선택하는 것이 더 지혜로운 방법이다. 방황 기간은 짧을수록 좋다. 잃지 않은 시간만큼 주어진 시간도 많아지고, 다양한 인생 경험으로 풍성한 삶을 살아갈 수 있음을 이제야 알았기 때문이다.

나는 내 운명을 받아들였다. 다만 삶이 만족스럽지 않더라도 뭔가 전과는 다른 돌파구가 필요했다. 나름 적극적인 방식으

점봉산 정상에서 내려다 본 하늘

로 무모할 수도 있는 내 인생의 새로운 목표 '백두대간 종주' 계획을 세웠고, 시도했고, 완성 중이다. 종주 과정을 통해서 거칠고 상한 마음과 나약해진 몸도 회복할 수 있었다.

오늘은 한계령에 도착하자마자 산속으로 재빨리 들어가라는 재촉 소리와 함께 깜깜한 어둠 속을 서둘러 바삐 움직였다. 어째 시작부터가 삭막한 긴장감으로 여느 산행 때와는 다른 분위기다.

'점봉산, 왜 이렇게 힘들지?'

이른 새벽, 이동하는 구간에 위험한 암릉 구간이 유난히 많았다. 어두운 산길을 헤드랜턴에 의지해서 힘겹게 이동했다. 앞선 사람이 가느다란 줄을 잡고 가다가 놓으면, 뒤따르던 사람이 그 줄을 잡고 간신히 오르내리기를 수 없이 반복했다. 누구라도 줄을 제대로 잡지 않으면 위험스러운 계곡 아래로 순식간에 떨어질 수도 있었다. 앞선 사람은 뒷선 사람을 반드시 의식하고, 뒷선 사람은 앞선 사람이 확실히 줄에서 벗어났는지를 확인하고 줄을 잡아야 한다. 그렇지 않으면 누군가는 가느다란 줄에 대롱대롱 매달릴 수도 있기 때문이다. 상상만 해보아도 아찔하다. 다행히 우리 일행 중에는 아무도 그런 일이 발생하지 않았다.

바위와 바위 사이가 멀리 있는 것인지, 내 다리가 짧은 것인지, 큰마음을 굳게 먹고 점프를 해야 넘어갈 수 있었다. 손이 발인지, 발이 손인지 의식할 수 없을 정도로 기어올랐다. 가끔 험난한 구간에 나오는 가는 밧줄을 반가워하며 때론 언제 끊어질 줄 모르는 가는 밧줄을 의지하며 산행을 이어갔다. 이마저도 없으면 암릉은 건너갈 수 없는 상황이었다.

마침내 위험한 암릉 구간을 무사히 통과했다. 처음 만난 사람들끼리 뒤에서 밀어주고 앞에서 손 내밀어 주면서 일행 모두는 안전하게 점봉산에 도착할 수 있었다.

점봉산에서 내려다본 긴 구름 한 자락은 넓은 하늘을 유유히 헤엄치고 있었다. 여유로움. 산중에 파묻혀 있는 구름 뭉치는 바라보고 있는 것만으로도 힐링 그 자체였다. 그동안의 모든 시름과 힘들었던 여정을 점봉산 정상은 '구름은 여유로움'으로 모든 것을 치유해 주었다. 정상에 오르면 대부분 산은 정말 반드시 한 방이 있다. 그래서 산을 오르면 그 한 방을 느끼고 싶어 정상에 도달하고 싶어진다.

물론 정상에서 기쁨을 누리기 위해서는 충분한 땀과 거친 호흡 그리고 인내의 과정이 있어야 하는 것은 두말할 필요 없다. 이어서 단목령, 북암령, 조침령까지는 순조롭게 하산할 수 있었다. 백두대간 종주를 완성하기 위해 남은 3번째 구간이었다.

- 조침령-북암령-단목령-점봉산(1424m)-망대암산-갈림길(주전골)-1157,6봉-한계령(910m), (남진).

- 총 거리 20km, 12시간 소요.

- 2009년 6월 28일, 백두대간 종주 서른세 번째 구간이다.

설악산

나의 고통은 나만의 것

설악산은 대청봉에서 새해 해돋이를 보기 위하여 여러 번 다녀온 적이 있다. 역시나 설악산은 다른 산에 비하여 힘이 훨씬 많이 든다. 그렇지만 절대로 실망은 주지 않는다. 만나러 올 때마다 산은 감탄스러움을 자아내게 하는 새로운 모습을 흠뻑 보여 주기 때문이다. 오늘은 설악산 구간 중에서 특히 공룡능선을 통과하는 내심 기대되는 구간이다. 능선 자체가 험난할 것이라 각오는 충분히 해 놓았다. 그만큼 또 얼마나 멋진 모습을 보여 줄까?

한계령(917m)에서부터 출발했다. 서북 능선을 지나 끝청, 중

설악산 아침 운해

청, 대청 희운각 대피소까지는 구름바다와 아침 햇살이 힘든 산행에 충분한 보상을 해주었다. '이런 멋진 장관이 역시 설악 산이지!' 하면서 연발 감탄 소리가 나왔다.

희운각에서 생수로 재충전하고 운명적인 공룡능선으로 향했 다. 바라만 봐도 삐죽삐죽한 공룡등 날개 모양인 공룡능선 구 간이다. 그만큼 오르막과 내리막이 수없이 놓여 있어서 험난한 코스라고 예상했다. 각오도 여느 때와 달리 단단히 하고 나섰다.

그런데 마침 공룡능선에서는 계곡 복구작업을 하고 있었다. 헬기를 이용하여 커다란 돌덩이를 떨어뜨려서 무너져 내린 계곡을 채우는 작업이 진행 중이었다. 마음은 단단히 먹었지만 복병하나가 더 생겨났다. 공룡능선을 통과하는 내내 돌 위에 돌이 떨어져서 흔들거리는 돌덩이를 밟고 지나갈 수밖에 없는 상황이 눈앞에 벌어진 것이다. 공룡능선의 특성상 오르고 내리는 과정이 결코 녹록지 않다. 걸어도 걸어도 거리는 좁혀지지 않았다.

머리 위로 돌덩이가 떨어지지 않은 것을 위로 아닌 위로로 삼아야 했다. 아무리 내 몸을 흔들지 않으려 해도 두 손으로 움켜잡은 스틱도, 팔도, 다리도, 온 마음도 흔들렸다. 하늘에서 떨어진 돌덩어리들까지 모든 것들이 흔들렸다. 당시 상황은 흔들거리는 돌밭에서 발을 빼기에 충분했고, 떨리는 다리로 인하여 얼굴을 바닥에 갈지 않으려고 초긴장 상태로 이 구간을 통과해내야만 했다.

뒤로 돌아갈 수도, 앞으로 나아갈 수도 없는 상황. 커다란 돌덩어리를 퍼 나르는 하늘에 떠 있는 헬기에게 SOS 해 볼까? 떨리는 팔다리로 힘껏 하늘을 향해 흔들어 보았지만 무심하게도 헬기는 아무런 반응이 없다. 나 같은 존재는 눈에 보이지도 않은가 보다. 애꿎은 하늘만 바라보다 포기하고 내 의지와 상관

없이 저절로 흔들거리는 팔과 덜덜 떨리는 다리와 함께 죽기 살기로 간신히 마등령에 도착했다.

온몸은 만신창이가 되었다. 끝없이 이어져 지루하기만 한 완만한 산행도 많은 인내가 필요하다. 하지만 이렇게 짧은 거리를 오랜 시간 동안 악전고투하는 것은 마음의 인내와 함께 강인한 체력으로 견뎌내야 하는 또 다른 인내를 요구했다. 공룡능선 구간(희운각 대피소에서 마등령까지는 5.1km)은 약 6시간 걸렸다.

백두대간 종주 중에 어느 구간이 가장 힘들었냐고 묻는다면, 단연코 커다란 돌덩이가 떨어지는 구간을 통과한 공룡능선이라고 주저 없이 말할 수 있다. 공룡능선은 내게 절대 평생 잊지 못할 구간이 되었다. 내 몸을 이성적인 판단으로 움직일 수가 없었다. 공룡능선에서 모든 체력이 소모되었다. 산행할 때 반드시 하산길에 남겨 두어야 할 체력안배마저 완전히 실패했다.

마등령에서 금강굴로 향하는 하산길에서 한 걸음 한 걸음 내디딜 때마다 급경사 계단 아래로 굴러떨어져도 어쩔 수 없다는 체념 아닌 체념마저 들었다. 내 몸이, 내 마음이 내 거가 아니었다. 자포자기! 내 의지대로 걸음을 걷고 있지 않았다. 언제 사고가 생길지, 아니 생겨도 나도 모르겠다였다. 어느 누구도

대신해 줄 수 없는 상황이었다.

　나의 고통은 오로지 나만의 것이었다. 죽는 것도, 사는 것도 모두 나만의 것이었다.

　인생이란 것이 이런 거겠지!

　가만히 서 있기만 해도 온몸이 떨렸다. 날이 어두워지기 전에 하산 시간을 맞추어야 하는 부담감은 잠시 휴식을 취할 수 있는 짬도 주지 않았다. 한계령에서 마등령 구간을 완주해냈다는 성취감을 맛보기 위하여 죽을 만큼 힘든 고통의 시간은 참으로 무모할 수도 있다. 아니 무모했다. 공룡능선에서의 가장

공룡능선

공룡능선

고통스럽고 인내하기 어려웠던 체험은 악산의 이름을 확실히 각인시켜 주었다.

"너 이름이 뭐니?"
"나, 설악산이지!"

이토록 힘들었을 때, 나는 종주를 그만두고 싶었지만. 여전히 자고 일어나면 그립고 다음 산행이 기대되곤 했다. 발톱이 까

많게 죽어버리도록 걸었다. 나는 그렇게 백두대간길을 걸었다.

그런데 정말 아이러니하게도 이런 악산의 매력에 점점 빠져든다. 자연이 주는 마력은 도대체 어디에서 오는 걸까? 자연의 힘은 치유와 같다고 해야 하나? 산에서 힘든 인내의 시간을 보내고 나니 오히려 더 강건해진 느낌이다.

대자연 속에서는 그 어떤 어려운 여건이 생겨도 망가져 버린 몸과 마음을 회복시켜 주는 원심력이 있다. 자연은 호언장담도 하지 않는다. 자연은 그냥 함께 공존해 줄 뿐이다. 말 없는 말. 표현하지 않는 표현 속에 모든 것을 가지고 있는 듯하다.

'이러다 죽을 수도 있겠구나! 죽음이 찾아와도 어쩔 수가 없구나!'를 절감한 공룡능선 구간이었다. 이성을 상실하고 내 몸을 가눌 수 없었던 삶과 죽음의 순간을 인식시켜 준 공룡 능선은 나에게 혹독한 또 다른 스승이 되어 주었다.

요즘은 산이 많이 그립다. 그리울 때면 집 근처 불암산을 잠시 오른다. 숨이 차오르기 시작하면 백두대간 산행 때 느꼈던 감정들이 다시 차오른다. 산과 숲속이 알려 주는 매력은 이 세상 어떤 것과도 절대로 비교 대상이 될 수 없다. 나는 전에는 나

에게 있는 줄 몰랐던 인내심과 용기도 발견했다. 나는 시도해
봤다. 나는 백두대간 길을 걸었다.

- 한계령(917m)-서북능선-끝청봉(1604m)-중청봉(1676m)-대청봉
  (1707.9m)-희운각 대피소(1100m)-공룡능선(신선암(1210m)-1275봉-나
  한봉(1250m))-마등령(1320m).

- 총 거리 15km, 12시간 소요.
- 2007년 6월 2일, 백두대간 종주 서른네 번째 구간이다.

황철봉

행복은 켜켜이 가슴속을 지나간다

주말은 휴식이고 나만의 자유를 누릴 수 있어서 참 좋다. 늦은 점심을 먹고 동네 한 바퀴를 산책하려고 나섰다. 따스한 햇살이 얼굴부터 다리까지 샤워하듯이 내리쏟아 부었다. '아! 좋구나.' 맘껏 햇살을 즐겼다. 갑자기 떠오른 생각 한 가지. '아차! 선크림을 안 발랐다.' 무작정 준비 없이 나왔더니 민낯으로 나온 것이다. 할 수 없이 임시방편으로 얼굴만 땅으로 향한 뒤 계속해서 또 걸었다. 그렇게 한참을 걷다 보니 이번에는 다리에 힘이 쭉 빠졌다. '오늘 왜 이러지?' 조금 지나고 나니 식은땀이 나기 시작했다. 컨디션이 완전 급락이다. 도로 끝에 주저앉아서

구름 사이 바다로부터 해돋이 시작

한참을 쉬다가 간신히 일어나서 집으로 돌아왔다.

　살다 보면 별일 아닌 것 같았는데, 아무렇지 않게 동네 한 바퀴가 이처럼 중요하게 여겨지는 순간이 종종 발생하기도 한다. '일상의 평범함이 가장 행복한 것이다.'라는 것이 새삼 절실해진 날이다.

"한눈팔지 않고 우리 눈앞에 다가온 시간을 채우는 것이 행복이다. 지금 이 순간을 잘 마무리하고, 길 위에 내디딘 한 걸음 한 걸음에서 여행의 목적을 발견하고, 가능한 한 유익한 시간을 많이 가지는 것이 진정한 지혜이다."라고 랄프 왈도 에머슨은 말한다.

그렇다. 삶의 목적을 발견하고 가능한 한 유익한 시간을 많이 가지는 것이 진정한 행복이다. 그런 면에서 백두대간 종주 중에 다양한 경험의 시간을 가진 순간들은 내게는 진정한 행복이었다.

그날은 미시령에서 출발했다. 백두대간 종주 구간 중 단연코 너덜지대가 많은 구간이었다. 너덜은 너덜겅의 준말로, 많은 돌들이 깔려 있는 산비탈을 가리키는 순수한 우리말이다. 너덜지대에는 고만고만한 바위들이 널려 있어 발자국 흔적이 뚜렷하지 않으면 방향을 잘못 잡을 수도 있고, 특히 안개가 끼었을 경우 방향을 잡기 힘들다. 또한 눈이 쌓인 겨울에는 바위 사이 함정을 눈이 덮는 경우가 많아 발목이나 다리를 다칠 우려가 높고, 비가 내릴 경우에도 미끄러지지 않도록 세심한 주의가 필요하다. 너덜지대에 들어서면 건너편 숲 어딘가에 표지기나

케언*이 있는지 먼저 살핀 후 방향을 잡아 나아가는 것이 안전하다.

[네이버 지식백과] 너덜지대 (등산상식 사전)

어둡고 캄캄한 밤길을 랜턴 불빛에 의지하며 주변 경관은 상관없이 '너덜지대를 안전하게만 통과하자!'가 목표였다. 내 평생 보다보다 이렇게 많이도 덜컹거리는 고만고만한 돌밭을 딛면서 걸어 보기는 처음이었다. 절대로 한눈팔지 않고 한 발 한 발을 신중하게 놓으며 걸어야만 했다. 혹시라도 너덜지대에 빠져서 발목이라도 다친다면 누구든지 민폐를 감수해야 하는 상황이었다.

날이 밝아 오면서 이슬에 촉촉이 젖은 너덜지대가 인상적인 모습으로 다가왔다. 동시에 바다에서는 해돋이가 시작되었다. 돌덩어리로 둘러친 너덜지대와 함께 긴장하고 있는 일행들의 얼굴이 하나씩 하나씩 눈에 들어왔다. 어느새 안개가 밀려와 시야가 다시금 가려지면서 일행은 촘촘히 간격을 유지하면서 산행을 이어갔다.

---

*케언: 등산로 등을 표시하기 위해 이정표로 쓰이는 작은 돌무더기.

너덜지대

나무 한 그루 그리고 산과 구름의 어울림만으로도 너무도 멋진 대자연의 모습은 황홀경이었다. 이렇게 특별한 시간을 만들어서 극도의 긴장감으로 찾아와야만 만나 주는 대자연의 신비를 언제까지 만나볼 수 있을까?

마등령 정상에서 비선대로 향하였다. '백두대간을 완주하려면 드디어 한 구간이 남았다'라고 생각하니 지나온 대간 길과 시간 그리고 사람들의 모습이 영화 속 한 장면처럼 떠오른다.

홀로 선 한 그루 나무가 산과 구름과 친구가 되다.

깜깜한 산길에 반짝반짝 빛나던 별빛, 가도 가도 끝없는 숲 속 눈 잔치, 위험천만 암벽 낭떠러지, 산행길 앞사람 발뒤꿈치, 추운 겨울 살얼음 덩어리 김밥, 간절한 목마름을 해결해 준 이웃 배낭 속 생수 등 헤아릴 수조차 없는 행복한 순간들이 나의 가슴속을 켜켜이 지나간다.

- 마등령(1320m)-저항령-너덜지대-황철봉(1381m)-너덜지대-미시령 (780m).

- 총 거리 15.3km, 10시간 소요. (남진).
- 2009년 7월 26일, 백두대간 종주 서른다섯 번째 구간이다.

신선봉

침묵하는 시간, 대화하는 시간

신선봉 구간은 백두대간 종주 중 향로봉을 제외한 마지막 구간이다. 그동안 산행을 해왔던 일행 중 대부분은 모두 바쁜 일정 가운데서도 특별히 시간을 내어 참석했다. 그렇지만 시간이 아무리 많아도 참석하지 못한 두 사람이 계속해서 마음이 쓰인다. 한 명은 지난 약 2년간 산행을 해오던 중 유일하게 지병으로 하늘나라에 먼저 도착한 이규식 씨고, 다른 한 명은 빗길에 자전거가 미끄러지는 사고로 병원에 입원하는 바람에 참석하지 못한 윤용호 씨다. 당연히 그 자리에 있을 사람인데, 그 자리가 비어 있으면 더 텅 빈 느낌이 들 때가 있다. 언제나 밝은 얼굴로 "이거는 몸에 진짜 좋은 건데 한 번 드셔 보세요."라며 다양한 건강식품을 건네던 이규식 씨와 힘든 산행 때마다 안전 산행이 되도록 온갖 신경을 써 주던 윤용호 씨가 마지막 종주 구간을 함께하지 못해서 못내 아쉬웠다. 그동안 백두대간 종주를 하면서 알게 된 사람들의 얼굴들이 영화의 장면처럼 스쳐 지나간다.

미시령(826m)에서 출발했다. 특이하게 생긴 바위와 돌들이 유난히 많았다. 돌탑으로 이루어진 상봉(1241m)에 도착했다. 이어서 신선봉(1204m)으로 향한다. 마지막 구간이라 생각해서인지 마음 깊숙이 표현되지 않는 감정들이 산을 오르고 내리는데 전과 다르게 힘든 줄을 모르게 했다.

'바닥 깊숙이 자리 잡은 나의 심정은 어떤 것일까?'
'아직 이루지 못한 백두대간 종주라는 것은 나에게 어떤 의미를 준 것일까?'

어느덧 마산봉(1052m) 정상에 섰다. 산림청 안내에 따르면, 마산봉은 금강산 1만 2천봉 가운데 하나로 설경이 뛰어나 건봉사, 천학정, 화진포 등과 함께 고성 8경에 속한다고 한다. 그리운 금강산 자락 한 봉우리를 디뎠다는 뿌듯함과 아직 가보지 못한 북한 백두대간 자락에 첫 발걸음을 옮겨 놓은 것 같아서 기분이 좋았다. 언젠가는 북한 백두대간 종주도 완주하게 될 날이 오겠지! 마산봉을 지나서 알프스리조트 방향으로 향하여 진부령에는 약 8시간 만에 도착했다.

진부령

산악회에서는 진부령에서 백두대간 완주 기념식을 마련했다. 백두대간 종주 총구간을 37개로 나누어서 진행해 왔고, 이번 구간은 36번째 구간인 신선봉 코스다. 37번째 마지막 향로봉 구간은 군부대의 상황에 따라서 산악회 일정상 마침표를 찍지 못할 수도 있기에 백두대간 완주 기념식을 진부령에서 개최하게 되었다고 한다. 그렇지만 나는 아직 향로봉을 포함하여 5개 구간을 종주하지 못했다. 그리고 안타깝게도 이 자리에 모인 어느 누구도 완주를 못했다.

기념식을 진행하면서 누구랄 것도 없이 기념 꽃다발을 한 번씩 목에 걸 때마다 사람들은 꽃처럼 활짝 웃었다. 그 웃음 속에는 종주를 끝내지 못해서 멋쩍어서 웃는 웃음. '그래도 여기까지 나는 2년간 백두대간 종주의 꿈을 놓치 않았어!'라며 자기 자신을 대견스러워하는 웃음, 그리고 '언젠가는 나도 백두대간을 완주할 거야!'라는 희망 섞인 웃음이 모두에게 가득 넘쳤다.

기념식을 진행하는 동안에는 모두 웃음이 넘쳤지만, 돌아오는 버스 안에서는 여느 때와 달리 침묵이 계속되었다. 이제는 다시 이러한 시간이 올 수 없다는 것을 잘 알기 때문이다. 만감이 교차하는 시간이었다. 처음 백두대간 종주의 시작으로 지리산을 올랐다. 조금은 상기된 듯한 모습으로 서로를 바라보며 스스로에게 백두대간을 끝까지 종주할 수 있을까? 하며 시작했었다. 그런데 종주 마지막 날 아무도 완주를 하지 못했다. 침묵 속에서 앞으로의 스스로에게 모두 자문하고 자답하는 것 같았다.
나는 나와 이렇게 대화했다. 그렇다. 충분히 의미 있는 기념식이었다. 지리산에서부터 시작하여 덕유산, 속리산, 소백산, 태백산, 설악산을 이어온 종주 속에서 일평생 잊지 못할 수많은

반드시 완주할 것을 다짐하는 완성하지 못한 종주 기념식

추억을 나누며 지나온 세월의 소중함이 내 가슴 속에 존재하기

때문이다. 그리고 남은 다섯 구간을 꼭 완성하리라 다짐했다.

죽는 것과 사는 것 중에서 어느 쪽이 더 낫느냐고 묻는다면, 나는 사는 것이 더 낫다고 답할 것이다.

괴로움과 즐거움 중에서 어느 쪽이 더 낫느냐고 묻는다면, 나는 즐거움이 더 낫다고 답할 것이다.

백두대간 종주를 시도해 본 것과 시도조차 하지 않은 것 중에서 어느 쪽이 더 낫느냐고 묻는다면, 나는 당연히 시도해 본 것이 더 낫다고 답할 것이다.

백두대간 구간을 지나오면서 경험한 모든 것들은 내게는 소중하고 삶의 보약과 같았다.

여러분! 반짝반짝 빛나는 추억 속의 보석들을 가슴 가득 안겨드립니다.

- 진부령(520m)-마산봉(1052m)-신선봉(1212m)-상봉(1242m)-미시령(826m).
- 총 거리 12.5km, 8시간 소요, (남진).
- 2008년 6월 21일, 백두대간 종주 서른여섯 번째 구간이다.

향로봉

꿈은 이루는 게 아니라 지속하는 것이다

'산을 쌓을 때 한 삼태기(簣)가 모자라도 그 산은 완성되지 않은 것이다.'라고 공자가 말했다.

남한 백두대간 마지막 구간인 향로봉을 향하여 나섰다. 그러나 내게는 마지막 구간이 아니다. 원래 계획대로 차질 없이 진행되었으면 오늘이 마지막 완주를 이룬 날이지만. 여러 가지 사정으로 불참한 구간(동대산, 점봉산, 황철봉, 도솔봉)이 남겨진 상태였기 때문이다. 그래서 백두대간 종주 완주에 대한 꿈을 이룰 마지막 구간이 아니라 아직 4개의 구간을 지속해야 할 곳이 남아 있는 구간이다.

2006년 11월에 시작해서 2008년 7월에 마치는 37구간을 함께 시작한 일행 중 아쉽게도 오늘 향로봉까지 종주를 마친 사람은 단 한 사람도 없었다. 누구나 시작은 할 수 있지만, 끝까지 정한 기간 내에 종주를 완주한다는 것은 불가능하다는 것을 체험하는 순간이기도 했다. 그만큼 누구나 백두대간 종주라는 것이 어렵다는 것을 증명하는 것이기도 하다.

그렇지만 무엇보다도 약 2년간 희로애락을 내사연과 함께 공유했다는 것만으로도 나에게는 삶의 한 부분에 커다란 의미가 있었다. 백두대간 전체 구간을 완주하는 것도 큰 의미가 있지만, 산행하는 여정 내내 구간 구간을 보낸 다양하고 인내하기 어려웠던 경험들은 나의 삶 속에서 든든한 뿌리와 줄기로 버텨 줄 것이기 때문이다.

진부령(520m)에서 출발하여 향로봉(1296m)까지 최북단 철책선 향로봉에 다다를 수 있는 좀처럼 얻기 어려운 소중한 기회를 얻었다. 게다가 백두대간 종주를 시작했던 일행과 마지막 구간을 함께할 수 있어서 더더욱 의미 있는 날이었다.

향로봉은 사전에 허락된 인원만 입장할 수 있었다. 최북단

군 시설에 민간인이 자유롭
게 드나들 수 없기 때문이
다. 우리는 천운이 함께해
주어서 다행히 금단의 땅에
쉽게 발을 들여놓을 수 있
었다. 산악회에서는 향로봉
구간은 못 갈 수 있다고 전
제하고 있었기 때문에 큰 기
대는 할 수 없었다. 언젠가
꼭 가 봐야 할 곳으로 마음먹고 있었는데 이런 행운이 오다니
감사 또 감사할 뿐이다.

진부령에서 출발했다. 초반 길에는 완만하다가 김칠섭 중령
추모 쉼터를 지나면서 고도가 높아지기 시작했다. 전반적으로
완만한 거리였지만, 지루하게 한참을 걸어야 하는 과정이 남아
있었다. 아무렴 백두대간 코스인데 호락호락할 리가 없지. 향로
봉에 들어가기 전에는 핸드폰과 카메라를 모두 일괄 제출해야
했다. 그런데 특별히 전체 일행 중에 한 대의 카메라만 허용해
주었고. 행운의 여신이 나에게 임한 덕분에 사진사 역할을 톡
톡히 했다.

향로봉을 내려와 그동안의 대장정을 마치고 '산악인의 선서'
가 있었다.

산악인은 무궁한 세계를 탐색한다.
목적지에 이르기까지
정열과 협동으로 온갖 고난을 극복할 뿐
언제나 절망도 포기도 없다.
산악인은 대자연에 동화되어야 한다.
아무런 속임도 꾸밈도 없이
다만 자유, 평화, 사랑의
참 세계를 향한 행진이 있을 따름이다.

산악인의 선서를 하면서 나는 다짐을 했다. 끝내지 않은 4
개 구간을 완성하여 시작했던 초심과 완성 후 나의 마음을 꼭
반드시 느껴보리라. 결국은 한 손으로 셀 수 있는 4개 구간을
온갖 우여곡절 끝에 도솔봉 구간(2009년 9월)을 마지막으로 1년
만에 완주하여 마치게 되었다. 완성 후 나의 마음을 도솔봉 구
간에 기록해 두었다. 이렇게 내 삶에 있어서 약 3년간의 백두대
간 종주 대장정을 마쳤다.

앞으로도 대자연에 동화되어 아무런 꾸밈 없이 자유, 평화,

사랑의 행진이 이어지기를 바란다. 그리고 한 삼태기(도솔봉 구간)를 마지막으로 나만의 한 산을 완주할 수 있어서 참 고맙다.

　나에게 가장 소중한 유형 보물 1호는 아들들이고, 무형 보물 1호는 백두대간 종주를 완주한 경험이다. 너무나 감사한 것은 시간이 흐른 뒤 무형 보물 1호는 나에게 또 다른 무형 보물인 글을 쓸 수 있는 보석이 되어 주었다. 한 개의 꿈을 이루었더니 그 꿈이 또 다른 꿈을 이룰 수 있게 해 주었다. 앞으로 내게 가장 의미 있는 두 개의 소중한 보물들은 또 다른 꿈을 지속하게 만드는 원동력이 될 것이라 믿는다.

- 진부령-향로봉.
- 총 거리 약 36km, 약 8시간 소요.
- 2008년 7월 5일, 백두대간 종주 서른일곱 번째 마지막 구간이다.

백두대간·정간·정맥·10대강 개념도

■ 1대간(大幹) : 백두대간
백두산-두류산-금강산-설악산-
오대산-태백산-속리산-덕유산-지리산

■ 1정간 : 장백정간
원산-서수리곶산

■ 13정맥
❶ 청북정맥(마대산-미곶산)
❷ 청남정맥(낭림산-광량진)
❸ 해서정맥(두류산-장산곶)
❹ 임진북예성남정맥(화개산-진봉산)
❺ 한북정맥(식개산-장명산)
❻ 낙동정맥(매봉산-몰운대)
❼ 한남금북정맥(속리산-칠장산)
❽ 한남정맥(칠장산-문수산)
❾ 금북정맥(칠장산-지령산)
❿ 금남호남정맥(영취산-조약봉)
⓫ 금남정맥(조약봉-부소산)
⓬ 호남정맥(조약봉-백운산)
⓭ 낙남정맥(지리산-분성산)

■ 10대강
두만강, 압록강, 청천강, 대동강, 예성강,
임진강, 한강, 금강, 낙동강, 섬진강

출처 : 산림청

백두대간 종주 37구간

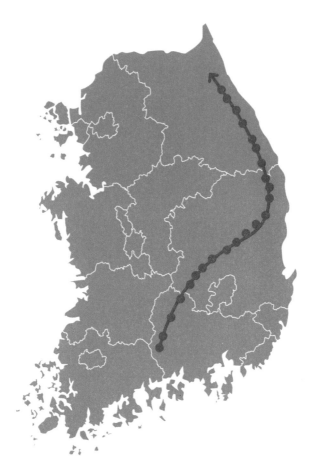

1. 지리산
2. 만복대
3. 고남산
4. 봉화산
5. 영취산
6. 남덕유산
7. 북덕유산
8. 삼봉산
9. 삼도봉
10. 황악산
11. 추풍령
12. 백학산
13. 봉황산
14. 속리산
15. 청화산
16. 희양산
17. 백화산
18. 조령산
19. 대미산
20. 황장산
21. 도솔봉
22. 소백산
23. 선달산
24. 태백산
25. 함백산
26. 덕항산
27. 청옥산
28. 석병산
29. 석두봉
30. 노인봉
31. 동대산
32. 갈전곡봉
33. 점봉산
34. 설악산
35. 황철봉
36. 신선봉
37. 향로봉

내 삶을 만나러 오늘도 오릅니다

초판인쇄 2023년 2월 10일
초판발행 2023년 2월 16일

지은이 김용경
발행인 조현수
펴낸곳 도서출판 더로드
기획 조용재
마케팅 최관호, 최문섭
교열·교정 이승득

주소 경기도 고양시 일산동구 백석2동 1301-2
　　　넥스빌오피스텔 704호
전화 031-925-5366~7
팩스 031-925-5368
이메일 provence70@naver.com
등록번호 제2015-000135호
등록 2015년 6월 18일

정가 17,000원
ISBN 979-11-6338-351-2 (03810)